MESDEMOISELLES

DE MARSANGE.

PREMIERE PARTIE.

MESDEMOISELLES

DE MARSANGE.

PREMIERE PARTIE.

A LA HAYE.

M. DCC. LVII.

MESDEMOISELLES DE MARSANGE.

PREMIERE PARTIE.

POUR se ruiner, il n'est point de moyens plus prompts, plus sûrs, plus tristes & plus faciles que ceux de la chicane ; & on peut ajouter qu'il n'y en a pas de plus séduisans. On voit beaucoup de procès de la plus grande conséquence, qui n'ont pour fondement que le point d'honneur ; qui ne permettroit pas sans honte de céder des droits, dont l'origine est souvent si peu intéressante, que l'on n'oseroit en avouer le motif; tandis qu'elle allume le feu de la guerre entre les amis les plus intimes, ou les parens les plus proches.

L'Histoire des Marquis de Marsange & de Neuger en fournit une preuve convainquante. Ces deux Gentilshommes (des plus qualifiés de leur Province) étoient voisins, & ils avoient toujours été amis. Leurs Maisons, unies par plusieurs alliances, vivoient depuis longtems dans une liaison intime. Cependant, un intérêt si léger qu'il ne peut être consideré que comme une minutie, désunit pour toujours & rendit ennemis irréconciliables deux parens & deux amis, qui dans plusieurs occasions essentielles, s'étoient prouvés réciproquement qu'ils n'usurpoient point ce nom précieux. Ils s'aimoient tendrement & croyoient que cette amitié seroit éternelle, quand la proximité des terres produisît la funeste occasion qui détruisît une si belle union. Un morceau de terre (dont le peu de valeur pourroit le faire nommer imperceptible) vendu par un misérable paysan à un de ses semblables, fut le signal de la guerre entre les deux Marquis ; chacun prétendant que ce fond étoit dans sa Seigneurie, & que les droits Féodaux lui en appartenoient.

Ils ne voulurent pas en avoir le démenti. Ce n'étoit point, disoient-ils, la conséquence de la chose, mais seulement parce qu'il n'étoit pas convenable de laisser démembrer sa terre, & de donner ce mauvais exemple à leurs successeurs, qui, par la suite des tems, ayant la même indolence, anéantiroient totalement leurs biens.

CES ſentimens trop conformes, firent d'abord ceſſer l'intimité, mais ils n'en demeurerent point à la froideur. Elle fut ſuivie par les mauvais propos, qui ne tarderent pas à engendrer l'animoſité. Elle ſe manifeſta par les procédés les plus violens ; & pour obvier aux ſuites fâcheuſes des voies de fait, dont ils uſoient vivement, toute la Nobleſſe de la Province, à qui ils tenoient par le ſang ou par l'amitié, s'entremit pour les réunir ; & on en obtint avec peine, qu'ils remettroient leur intérêt entre les mains de trois Avocats. Mais ce qui ſembloit devoir rétablir la tranquillité, fut ce qui acheva de la détruire.

L'AVOCAT du Marquis de Neuger voulant viſiter exactement les titres qui devoient conſtater les droits de ſa Partie, fit la malheureuſe découverte d'une aliénation auſſi foible que celle qui cauſoit l'incident préſent. Ce n'étoit qu'une très-petite étendue de terre qu'avoit autrefois acheté l'ayeul du Marquis de Marſange, ſur laquelle ſon Château étoit bâti en partie. Ce qu'il y eut de plus funeſte dans cette occaſion, fut que cette foible portion étoit compriſe dans une ſubſtitution faite par un Oncle du Marquis de Neuger, en ſa faveur, qui ne ceſſoit que ſur ſa tête. Ce malheureux contre-tems rompit tous les projets d'accommodement. On oublia même la premiere affaire pour ſe livrer entierement à cette ſeconde. Et quoique Monſieur de Marſange n'eût aucune part à cette eſpece d'uſurpation, qu'il l'eût toujours ignorée, de même que le Marquis de Neuger, ce dernier en ſaiſit la nouvelle occasion d'exhaler sa haine & son courroux.

Il demanda, avec autant de fierté que de rigueur, la restitution d'un fond, par où il prétendoit donner une preuve manifeste que de tout tems la Maison de Marsange s'étoit agrandie aux dépens de la sienne, la dépeignant peu scrupuleuse sur les moyens qu'elle employoit pour s'enrichir. Le Marquis de Marsange, à qui ces discours étoient exactement rapportés, ne gardoit pas plus de mesures dans ses répliques : & à la supposition que les prétentions de son ennemi étoient non-seulement chimeriques, mais encore calomnieuses, il ajoutoit, que quand ce seroit un fait vrai, il y avoit prescription par le laps de tems que lui & les siens en jouissoient sans trouble.

Si le Marquis de Marſange rencontroit des eſprits aſſez malins pour lui apprendre ce que diſoit le Marquis de Neuger, celui-là ne manquoit pas d'en trouver d'autres, qui lui rendoient le même office. Et tandis que les gens de bien travailloient à les appaiſer, les perſonnes qui avoient peut-être l'eſpoir de profiter de ces diviſions, en flattant leurs paſſions, l'emportoient ſur les conſeils des amateurs de la paix, qui connurent avec douleur que cette affaire ne ſe termineroit que par la ruine totale de l'un ou de l'autre...... peut-être par celle de tous deux. Ils ſe battirent pluſieurs fois, & ne perdirent pas une occaſion de s'inſulter, en maltraitant les Domeſtiques & les Fermiers l'un de l'autre; en chaſſant avec affectation ſur leur terre; faiſant géneralement tout ce qui dépendoit d'eux, pour se donner des sujets de plaintes, qui ajoutoient souvent des procès criminels aux instances civiles.

Les prétentions du Marquis de Neuger n'étoient pas sans difficulté. La substitution étoit réelle, mais Monsieur de Marsange avoit une possession de plus de soixante ans, qui sembloit l'assurer qu'elle étoit légitime & qu'elle devoit être paisible. Leurs raisons, qui sembloient bonnes des deux parts, firent durer le procès plus de vingt ans. Cette lenteur donnoit l'esperance au Marquis de Marsange qu'il demeureroit indécis, & qu'il s'oublieroit insensiblement. Mais la haine présente ayant succédé à l'amitié passée, ne permit pas à son ennemi de s'endormir de la sorte. Il obtint enfin un arrêt définitif, qui lui fut si favorable, que lés interêts & les dépens d'une affaire, dont le principal valoit à peine cent écus, abſorberent tous les biens du Marquis de Marſange, quoiqu'ils fuſſent conſiderables.

Cet infortuné s'étant toujours flatté ſur ſes droits & ſur ſes moyens de défenſe, ne s'attendoit point à ce coup funeſte. Il en penſa mourir de douleur, d'autant plus que M. de Neuger triomphoit durement. Ne voulant faire aucune grace, il ne tarda pas à mettre tous ſes biens en ſaiſie-réelle, ſur-tout le Château qui en faiſoit la partie principale, & qui avoit été le premier objet de la diſcution. Il ſe défendit tant qu'il put pour éloigner le déguerpiſſement, quoique ce fût ſans eſperance de l'éviter entierement. Son déſeſpoir, dans cette déplorable ſituation, augmentoit par l'idée du triste sort de sa fille aînée, qu'il aimoit pardessus tout.

Je sens bien, disoit-il, au Baron d'Enesac, (un de ses plus fidéles amis) que cette cruelle aventure me causera la mort. Je la recevrai sans regret, puisqu'elle est ma seule ressource contre la misere où je me trouverois en survivant à mon malheur. La Marquise a un moyen d'éviter l'indigence qui m'empêche de m'allarmer sur ce qu'elle deviendra après m'avoir perdu. Sa Sœur est Abbesse de...... & lui donnera un asyle, où elle sera en repos. Que faut-il de plus à une femme qui n'est plus jeune, & de qui la santé délicate l'a forcée depuis longtems à renoncer au grand monde? Quand à Julie, ma fille cadette, elle ne me cause pas plus d'inquiétude; élevée auprès de ſa Tante depuis l'âge de quatre ans, & n'ayant jamais entendu dire qu'il y eût d'autre parti pour elle que celui du Cloître, ne connoiſſant que cette unique façon de vivre, deſtinée à la vie Religieuſe dans le tems même où ma ſituation étoit differente, cette révolution ne change rien à ſa condition. Mais, mon cher Baron, je ne puis me tranquilliſer auſſi facilement ſur l'affreux avenir qui ſe prépare pour Mademoiſelle de Marſange. Elevée ſur le pied où je croyois pouvoir l'établir, que va-t-elle devenir? faudra-t-il qu'elle ſoit réduite à prendre un voile avec ſi peu de vocation? & que par des vœux forcés elle ſacrifie ſes inclinations à ſa pauvreté, ſans eſperer d'autre fin à ſon malheur que celle de ſa vie.

Ces triſtes réflexions jettoient

l'infortuné Marquis dans un tel désespoir, qu'il inspiroit la pitié à tous ceux qui le connoissoient. On savoit sa façon de penser; & le sujet de ses douleurs étoit si juste, que personne n'osoit entreprendre de les combattre.

L'ÉTAT de sa fille n'étoit pas plus tranquille. Le même tableau se présentoit à son esprit, & le même point de vue s'offroit à ses yeux. Le Couvent étoit le seul parti qu'elle eût à prendre. Mais par une augmentation de malheur, elle avoit eu toute sa vie une horreur décidée pour cet état. Son esprit cultivé, sa beauté, & les soins que son pere avoit pris d'orner ses qualités naturelles de tout ce qui étoit propre à les faire briller, ne lui permettoit pas de tourner ses pensées sur les pratiques Monacales, qu'elle regardoit en pitié, comme des choses plus propres à dégoûter du Cloître, qu'à y attirer des perſonnes d'un génie ſolide. A vingt-deux ans, il y en avoit dix qu'elle commandoit ſouverainement dans la maiſon. La Marquiſe ſa mere, languiſſante depuis ſeize ans, & preſque toujours au lit, n'étoit pas en état d'entrer avec ſon Domeſtique, dans un détail inévitable pour ceux qui veulent entretenir le bon ordre dans leur maiſon : & ſon pere qui connoiſſoit ſa capacité, ſe repoſoit entierement ſur elle de tous les ſoins néceſſaires. Sa tendreſſe lui inſpiroit une confiance totale pour cette chere fille; il ne faiſoit rien ſans la conſulter, ou ſans l'inſtruire des motifs qui le faiſoient agir. Ces procédés ayant mis promptement la jeune perſonne en état de le ſoulager dans bien des occaſions: inſenſiblement, ménageant tout avec autant de conduite que d'autorité, elle parvint à faire connoître ce qu'elle valoit. La ſeule vertu qu'elle n'avoit pas eu d'occaſion de pratiquer, étoit l'obéiſſance, qu'elle ne connoiſſoit point, ſans que ce fût ſa faute, ni par aucun eſprit de révolte, puiſque perſonne de celles à qui elle en devoit, n'en avoit exigé d'elle: & l'amitié de ſon pere, jointe à la douceur de ſa mere & à ſes heureuſes inclinations, l'avoient préſervée de connoître la contradiction, non plus que la ſubordination.

Son application aux affaires qui lui étoient confiées, ne l'empêchoit point d'être ſenſible au plaiſir d'éclat; & la complaiſance du Marquis ne lui en laiſſoit pas manquer, parce qu'en ſatisfaiſant le goût de ſa fille, il ſuivoit le ſien propre.

Il avoit été ſi riche, juſqu'au

moment de ſon déſaſtre, que vivant en grand Seigneur, il lui étoit facile d'avoir belle & nombreuſe compagnie. La chere délicate, & les fêtes continuelles que ſon rang & ſon bien autoriſoient, mettant ſa fille en état de briller ſi avantageuſement, ne lui laiſſoient pas le tems d'avoir d'impatience de s'établir, ni de remarquer que, malgré le grand état que ſon pere tenoit, l'incertitude de la ſuite du procès, commencé avec ſa vie, ralentiſſoit l'empreſſement que l'on auroit eu ſans doute à l'épouſer, & peu de perſonnes s'y préſentoient.

Monsieur de Marſange s'aveugloit comme elle, & croyoit qu'il n'auroit qu'à parler pour lui trouver un époux digne d'elle: il auroit bien voulu la voir établie; cependant elle lui étoit extrêmement néceſſaire, & il avoit négligé pluſieur; partis conſidérables, à qui la beauté & le mérite de la Demoiſelle avoient fait fermer les yeux ſur le danger de ſon alliance. Mais ceux qui l'avoient recherchée ne pouvant (par l'arrangement de leurs affaires) vivre en communauté avec leur beau-pere, ne lui convenoient point. Mademoiſelle de Marſange, conſultée dans une occaſion où elle étoit particuliérement intéreſſée, n'ignorant pas la circonſtance qui la rendoit utile auprès de ſon pere, étoit de ſon avis, & approuvoit des difficultés, qui ſe ſeroient diſſipées ſi elles n'euſſent pas été de ſon goût. Mais n'ayant point d'inclination pour aucun de ceux qui ſe préſentoient, elle étoit fort ſatisfaite de ce que M. de Marſange ne trouvoit point de néceſſité à l'engager. La bonne opinion qu'il avoit d'elle, lui en donnoit une ſemblable, qui étoit encore excitée

excitée par les louanges continuelles qu'elle recevoit de tous ceux qui vouloient faire leur cour au Marquis, lui persuadant sans efforts qu'elle seroit toujouts libre de faire un choix dès qu'elle voudroit se déterminer ; mais cette erreur cessa au moment qu'elle s'y attendoit le moins. La perte inopinée du procès changea la face des choses. Loin d'être maîtresse de choisir, comme elle l'avoit cru, ceux qui avoient brigué sa main avec le plus d'empressement, changerent tout d'un coup de sentiment & de façon d'agir, se retirant en diligence ; ensorte que tels qu'elle dédaignoit avant, cesserent, non-seulement de s'exposer à ses rigueurs, mais ils cesserent aussi d'aller chez elle.

Les saisies des revenus ayant mis Monsieur de Marsange hors d'état de continuer les dépenses qui lui attiroient ſi groſſe compagnie, ſon Château ne tarda pas à devenir déſert ; & il ne lui reſta que quelques Amis, qui, en le plaignant, ne pouvoient s'empêcher de lui faire enviſager qu'il n'y avoit d'autre reſſource honnête pour ſa fille, que de ſe retirer au Couvent, ne pouvant plus ſe flatter de vivre convenablement dans le monde.

CES conſeils étoient prudens, & les ſeuls que l'on pût donner en cette fatale occaſion ; mais ils n'en étoient pas moins durs à ſuivre. Elle étoit trop ſenſée pour n'en pas connoître la néceſſité ; mais elle n'avoit point aſſez de force d'eſprit pour s'y ſoumettre, & n'y pouvoit penſer ſans que tous ſes ſens en fuſſent révoltés, & ſans préferer la mort à un genre de vie ſemblable.

DANS les tems heureux où

l'agrément qui accompagnoit ſes pas, ne lui laiſſoit rien à deſirer, elle avoit ſouvent admiré la fermeté des anciens Romains, & même celle des Anglois, qui ne balancent point entre ſe donner la mort, ou la foibleſſe de vivre malheureux. Cette façon de penſer prouve aiſément juſqu'où pouvoit aller ſon déſeſpoir, & le parti auquel elle étoit prête à ſe fixer dans cette cruelle occurrence. Mais ſa fierté & la peur d'augmenter les peines de ſon Pere, ne lui permettoient pas de lui faire part de ſes diſpoſitions. La fermeté exterieure, dont elle ſoutenoit ces revers de fortune, la faiſoient trouver encore plus eſtimable qu'elle ne l'avoit paru dans la proſperité. Le malheur qui la perſécutoit, augmentoit à chaque inſtant : tandis que la diſette, qui commençoit à ſe faire ſentir, aggravoit leurs maux; les derniers délais étoient prêts à finir. Les expédiens pour les prolonger étoient épuiſés, & le Marquis n'avoit plus qu'un mois à reſter chez lui. Ce terme expiré, il ne pouvoit éviter d'en être chaſſé.

C'EST dans les maux déſeſperés, où on prend des réſolutions ſemblables. Et ne voyant aucun eſpoir, il ſe détermina à ſe défendre dans ſon Château, réſolu de n'en ſortir que mort. Il fut encouragé dans cette réſolution par ſa fille, qui lui promit de le ſéconder juſqu'au dernier ſoupir.

TANDIS qu'ils ſe déterminoient à repouſſer la violence par la violence, le Marquis de Neuger, informé de leurs intentions, juroit de ſon côté de les forcer à lui céder la place, dût-il y employer du canon & bombarder le Château. Les repréſentations que les Amis communs faiſoient à ces ennemis implacables, ne furent pas capables de les adoucir: & ils virent avec douleur approcher le moment de ce terrible évenement, ſans ſe flatter d'y pouvoir mettre d'obſtacle. Mais il en vint un inattendu.

Les choſes étoient dans cet état quand le Marquis de Neuger, irrité de l'audace de celui de Marſange, animé par ſa réſiſtance & par le deſir de le vaincre, ſe donna tant de mouvemens, & ménagea ſi peu ſa ſanté, qu'il lui ſurvint une fluxion de poitrine, qui le mit au tombeau en cinq jours. Et il mourut avec le regret de n'avoir pas vu la deſtruction totale de ſon ennemi. Cette mort arrivée ſi à propos, donna quelque relâche au Marquis de Marſange, & ſuſpendit toutes les hoſtilités, qui furent arrêtées jusqu'au retour de l'heritier.

Le Comte de Neuger, fils unique du défunt, étoit Colonel; & comme cet évenement arrivoit pendant la Campagne, il ne lui auroit pas été possible de quitter son devoir pour accourir recueillir une succession qui ne périclitoit point par son absence.

Quatre mois s'écoulerent de la sorte; ce qui donna au Marquis de Marsange le tems de respirer, & à leurs amis celui de concerter les moyens d'obtenir une paix à la suite de la treve que la mort de celui de Neuger venoit d'accorder. Cette paix, à quelque prix qu'elle se fit, ne pouvoit que lui être favorable, vu la situation où il se trouvoit. A peine le Comte de Neuger fut-il arrivé, qu'il reçut des visites de toute la Noblesse du Pays, dont il n'y eut perſonne, qui, après les premiers complimens, ne lui parlât de ſon procès, & n'employât les motifs les plus preſſans pour le porter à un accommodement. Il y avoit aſſez de penchant; & ſans blâmer les actions de ſon Pere, il avoit ſouvent trouvé interieurement qu'il en uſoit d'une façon trop rigoureuſe pour un homme de qui autrefois il étoit ami. Dans ces diſpoſitions d'humanité, il ne put entendre ſans pitié le récit de l'extrémité où il étoit maître de réduire un homme de qualité, & une Demoiſelle auſſi aimable, de qui on ne lui parloit qu'avec les plus grands éloges.

Il laiſſa connoître ſans déguiſement des ſentimens qui lui faiſoient honneur; & témoigna qu'on pouvoit tout attendre de ſa génerofité. Ceux avec qui il s'expliqua ſi favorablement, ne perdirent point de tems pour en instruire M. de Marsange. Sur la proposition que ses Amis firent en son nom, le Comte de Neuger consentit avec plaisir que des Avocats essayassent encore une fois à ajuster cette affaire; quoiqu'il ne pût douter qu'elle ne le seroit qu'à ses dépens : sa génerosité lui faisant desirer qu'il se rencontrât un expédient pour conserver du moins au Marquis la jouissance de son Château, & de quoi subsister suivant sa condition.

C'ÉTOIT beaucoup pour M. de Marsange, que sa Partie fût sans animosité; mais ce ne fut pas une chose aisée à ceux qui en étoient chargés, de trouver un expédient pour le mettre en état d'en profiter : quoiqu'il leur fût permis d'exercer la commiseration, & qu'ils ne fussent plus contraints

contraints à en agir en toute rigueur, leur pouvoir étoit borné par la Loi, & il leur parut presqu'impossible d'assurer un parti au Marquis. Il s'étoit défendu avec tant d'opiniâtreté ; (n'ayant omis aucuns détours de la chicane pour prolonger une affaire dont il ne pouvoit tirer d'autre avantage, que d'en retarder la fin) il avoit de la sorte si fort multiplié les frais, qu'ils s'étoient accumulés, & formoient une somme dont le gain ayant été adjugé & liquidé au profit de sa Partie de son vivant, cette somme étoit devenue propre à son fils : & malgré la violence de son mal, il avoit eu le tems de les lui substituer par son testament, ayant pris cette cruelle précaution contre la douceur du Comte, qui lui étoit connue, voulant emporter celle d'être certain que son ennemi ne pourroit éviter de se voir réduit à la mendicité.

Cette maligne précaution mit des bornes fort étroites aux bons sentimens du Comte, & de ceux qui les avoient provoqués; & sans que les Amis du Marquis eussent sujet de douter de la bonne volonté de l'heritier, ils eurent le chagrin de voir leur négociation sans effet. Cependant l'estime que l'on avoit pour ce Gentilhomme infortuné, & la compassion qu'inspiroit le sort de sa fille, firent que, sans se rebuter, on chercha de nouveaux expédiens. Ils étoient animés à les imaginer par le Comte lui-même, qui assuroit avec bonté qu'il étoit prêt à faire tout ce que l'on jugeroit possible; que ce qui dépendoit de lui pour le tems présent, étoit de laisser jouir le Pere & la fille, tant qu'il vivroit. C'étoit beaucoup pour le Marquis, mais rien pour la Demoiſelle. Suivant le cours naturel, le Comte devoit lui ſurvivre; (ſauf les évenemens imprévus) mais Mademoiſelle de Marſange étoit trop jeune pour que cette ſpectative fût ſuffiſante pour ſa tranquillité. C'étoit pourtant tout ce que le Comte pouvoit faire, & beaucoup plus que l'on n'eût oſé lui demander; le ſurplus excédant ſon pouvoir, puiſqu'il n'étoit point maître de renoncer, au nom de ſes ſucceſſeurs, à une ſubſtitution trop bien cimentée.

Ces offres avantageuſes, qui prouvoient ſi parfaitement ſa franchiſe, auroient été tout ce que le Marquis pouvoit deſirer, s'il n'eût point eu d'enfans. Mais Mademoiſelle de Marſange ne voyoit pas un avenir plus agréable dans le procédé de ce génereux créancier; & il n'étoit point naturel qu'elle pût ſe flatter de trouver un établiſſement ſur l'eſpoir de jouir après ſon Pere d'une façon auſſi viagere, qui n'auroit point de fondement plus ſolide que la vie d'un guerrier, que ſa jeuneſſe & ſa bonne conſtitution ne pouvoient garantir des accidens de ſon état, ni même d'une mort naturelle.

Le Baron d'Eneſac, que ſon affection pour le Marquis de Marſange avoit rendu ſuſpect à celui de Neuger, n'ayant pas trouvé dans l'eſprit du fils le même éloignement pour lui, au contraire en ayant reçu toutes ſortes de témoignages de confiance, il entreprit d'en faire uſage: & un jour qu'il lui témoignoit à ſon ordinaire le regret de ce que ſa bonne volonté ſembloit être infructueuſe, & qu'il l'aſſuroit que ne pouvant mieux faire, le Marquis & sa fille pouvoient toujours compter que sans se dédire il leur céderoit tous les avantages que sa vie pouvoit leur donner. Le Baron saisit cette occasion de procurer la tranquillité de son ami.

PUISQUE vous avez des sentimens si favorables, lui dit-il, je crois avoir imaginé un moyen aussi sûr que facile, pour que le Marquis profite de votre bonne volonté, sans que vos interêts y soient blessés ; au contraire vous y trouverez tout-à-la-fois la récompense de votre génerosité, & l'approbation generale. Le Baron voyant que le Comte l'écoutoit d'un air surpris que cet excellent expédient eût échappé à tous les habiles gens qu'ils y avoient employés, & cependant qu'il en paroissoit content, poursuivit en lui disant qu'il n'en croyoit point de plus convenable que celui d'épouſer Mademoiſelle de Marſange. Elle eſt belle, bien élevée, ajouta cet ami, elle a de l'eſprit & de la naiſſance ; en un mot je crois la connoître aſſez pour vous répondre qu'elle ſera ſenſible à une preuve auſſi éclatante de la bonté de votre cœur. La reconnoiſſance ſe joignant à ſon bon goût, vous pouvez compter que ſa tendreſſe vous rendra plus heureux que ſi vous épouſiez une perſonne qui ne tînt pas de vous toute ſa richeſſe & tout le bonheur de ſa vie.

Le Comte l'écouta ſans l'interrompre, mais auſſi ſans répondre ; & malgré ſon ſilence, il ne fut pas difficile au Baron de connoître que l'explication de la propoſition ne lui étoit pas ſi agréable qu'elle l'avoit été au premier aſpect. Il ne s'étoit point attendu à cet expédient, pour faire un arrangement avantageux à Mr de Marſange. Il ne penſoit point à ſe marier ſi-tôt, préferant les agrémens qui accompagnent la liberté d'un jeune homme, à tout autre bien ; ſon opulence le mettant en état de vivre ſplendidement ſuivant ſon humeur magnifique. Dans ce goût, avec les moyens de le ſatisfaire, il paſſoit ſa vie auprès des Dames, & dans les plaiſirs. Sans avoir jamais été amoureux ſérieuſement, il avoit toujours aſſez ſçu plaire pour ſe trouver heureux dans ſa ſituation, & l'idée d'un engagement perpetuel le fit trembler.

Il ne cacha point au Baron l'impreſſion qu'une propoſition ſemblable faiſoit ſur lui. Elle étoit ſi contraire à ſa façon de penſer, que ſans balancer, ſon premier mouvement fut exprimé par un refus, en disant nettement qu'il n'étoit pas juste que pour tirer des personnes à qui il ne devoit rien d'un péril fâcheux, il se précipitât dans un abyme. Mais cet ami de Monsieur de Marsange, sans se rebuter, après l'avoir laissé passer le premier mouvement de cette intention si contraire à ses esperances, reprenant la parole, lui représenta si fortement que son propre interêt exigeoit qu'il s'établît, qu'il lui parut moins révolté, & qu'il écouta plus docilement le Baron quand il lui représenta que l'augmentation de son bien, par la jonction de celui de Monsieur de Marsange, le mettoit en état de ne point penser à épouser une fille riche, qu'en quelque sorte celle qu'il lui offroit devoit le lui paroître, puisque ce n'avoit été que l'injuste passion du Marquis de Neuger qui l'avoit dépouillé de sa fortune, qu'en l'épousant il ne feroit que réparer le tort que son pere avoit eu d'en venir à cet excès.

Le Comte un peu calmé par les raisons du Baron, refusa de lui donner une parole positive, mais il lui promit d'y penser: ajoutant en souriant d'un air qui étoit pourtant encore décontenancé, que s'il étoit absolument vrai qu'il fût nécessaire qu'il renonçât à sa chere liberté, il consentiroit plutôt à en faire un sacrifice au bien de la paix, qu'à la perdre gratuitement. Les louanges qu'il entendoit faire partout de Mademoiselle de Marsange lui semblant mériter qu'elle eût la préference sur toute autre. Ajoutant encore que pour peu que son cœur trouvât son compte à cette affaire, sa raison n'y mettroit aucun obſtacle ; mais qu'avant de ſe déterminer, il lui ſembloit juſte de lui faire connoître la Demoiſelle à qui il vouloit l'engager.

Ce que le Comte propoſoit étoit trop raiſonnable, pour que le Baron ne l'approuvât point. Il en avoit obtenu plus qu'il n'auroit oſé l'eſperer d'une premiere tentative. Ainſi, fort ſatisfait de l'effet de ſa négociation, il en inſtruiſit le Marquis ; & ils projetterent de faire trouver Mademoiſelle de Marſange à une partie de chaſſe qui ſe devoit faire inceſſamment chez un de leurs amis, où le Comte ne manqua pas de ſe rendre.

Il trouva cette Demoiſelle charmante. Et elle, ayant été informée ſecrettement du motif qui l'avoit attirée à cette partie, l'examina auſſi avec attention,

& lui rendit la même justice qu'elle en recevoit. Il lui sembla fort aimable, d'autant plus qu'étant déja prévenue en sa faveur par la générosité de ses procédés, quand sa personne auroit été moins bien, il lui eût toujours paru tel; les qualités de son cœur donnant un nouveau lustre à ses qualités personnelles.

Peu de jours après cette partie, le Baron étant venu voir le Comte, le trouva tout disposé à consentir que l'on parlât serieusement sur cette matiere, & il le pria de s'en charger; de même que de le présenter au Marquis & à sa fille, de qui il fut fort bien reçu. La Demoiselle ne balança point à accepter la proposition qu'il lui fit de la demander à son Pere. Le Baron n'attendoit que cette démarche pour faire connoître qu'il avoit fait celle dont il l'avoit chargé. Le compliment fut écouté avec toute la satisfaction possible : on n'épargna rien pour la lui faire connoître ; comme il ne pouvoit rien arriver de plus avantageux à cette Maison. Dès le même jour, la nouvelle s'en étant répandue, chacun s'empressa à venir en témoigner sa joie au Marquis & à sa fille. Ils étoient si aimés, que le Comte en reçut des félicitations & des remercimens, comme s'il eût fait la fortune de tous ceux qui s'y interessoient.

LE veritable ami d'Enesac, sans douter de la bonne foi du Comte, ne voulut pas laisser perdre un tems précieux, & les fit convenir des articles ; dont le principal fut, que le Marquis resteroit en possession de tout son bien, tandis que le Comte n'en auroit la propriété qu'après son trépas, de la même ſorte qu'il ſeroit d'une ſucceſſion ordinaire; dont ſuivant la loi les deux tiers étoient libres de la ſubſtitution. Et en attendant le contrat, il donna toutes main-levées des ſaiſies que feu ſon Pere avoit faites.

Ce mariage ſe ſeroit terminé auſſi-tôt les conventions arrêtées, ſi on n'eût pas cru convenable d'en demander l'agrément au Vicomte de Neuger, frere du feu Marquis. Il étoit toujours reſté ami de celui de Marſange. Loin d'épouſer la haine de ſon aîné, il n'avoit pas tenu à ſes repréſentations qu'il n'eût pris des ſentimens plus doux. Aſſuré des ſiens, on n'appréhendoit pas qu'il mît d'obſtacle à une réunion qu'il auroit propoſé lui-même, s'il l'eût crue poſſible : & en effet, auſſi-tôt qu'il en fut informé, ne tardant point à répondre, il écrivit à son neveu qu'il approuvoit son dessein, & qu'il alloit faire tous ses efforts pour se trouver à une fête si agréable pour lui.

Le Comte naturellement galant & magnifique, laissant agir son inclination, & son nouvel amour augmentant encore sa liberalité, employa le tems que lui laissoit l'absence du Vicomte à donner un libre cours à ses talens pour la belle dépense ; donnant à sa maîtresse autant de fêtes, & témoignant des empressemens aussi vifs, que si cette conquête lui eût parue incertaine.

La fierté de Mademoiselle de Marsange l'avoit défendue jusques-là contre toutes les inclinations que l'on avoit essayé à lui inspirer ; mais des procédés si tendres, si généreux & si galans, lui inspirerent pour cet Amant des ſentimens que la raiſon & la reconnoiſſance autoriſoient : elle l'aima avec la plus forte tendreſſe ; mais malgré une paſſion ſi vive, celle de ne s'en point laiſſer ſubjuguer l'obligea à lui cacher les progrès qu'il avoit faits dans ſon cœur, bien réſolue de conſerver avec ſon époux le pouvoir & l'indépendance où elle avoit été élevée : voulant l'accoutumer de bonne heure à la ſubordination.

Elle eut peu de peine à y réuſſir ; l'humeur douce & complaiſante de ſon Amant, lui donna toutes les facilités qu'elle pouvoit déſirer pour établir ſon empire, ſe ſoumettant avec plaiſir à des loix qu'il étoit prévenu qui ne pouvoient être que juſtes.

Mademoiselle de Marſange, contente de ſes procédés, ne lui fit pas ſentir d'abord la pésanteur d'une chaîne qu'il portoit de si bonne grace. Satisfaite de lui voir exécuter ses volontés dans les choses essentielles, & dans les conseils qu'elle lui donnoit d'un ton presqu'aussi décidé que si ç'eût été des ordres absolus, elle lui laissoit la liberté d'ordonner les fêtes galantes qu'il lui donnoit, & les voyoit avec plaisir presque continuelles.

LEURS amis communs partageoient la satisfaction de cette famille fortunée, en admirant l'heureux changement que le hazard avoit produit dans leur situation. Le Marquis, grace à la générosité du Comte, se retrouvant en un état plus opulent que jamais, pensa à assurer celui de sa fille Julie. Les revenus saisis ayant été délivrés tout d'un coup, lui rendirent un si gros argent comptant, qu'après avoir payé le

peu

peu de dettes qu'il avoit trouvé à faire pendant ſa détreſſe, il lui en reſta encore aſſez pour acquitter la dote, & même pour faire honorablement le ſuperflu qui eſt d'uſage en pareille occaſion.

Il n'étoit point équivoque que Julie, deſtinée à être Religieuſe depuis qu'elle voyoit le jour, n'eût rien vu de changé à ſa fortune. Toute la difference que celle de ſon pere y mettoit, c'eſt que s'il eût reſté pauvre, l'Abbeſſe par ſon crédit ou ſes revenus particuliers, l'eût fait recevoir *gratis*, & que ce changement le mettoit en état de faire noblement les frais de cette aventure, en lui aſſurant des douceurs qu'il n'auroit pu lui fournir avant cet heureux événement. Il y avoit peu de tems qu'il avoit reçu des ſollicitations de ſa part pour lui permettre de prendre le voile : elle étoit à l'âge preſcrit pour cette ceremonie. L'Abbeſſe, tante de la jeune perſonne, lui écrivoit en conſéquence, & rien ne devoit retarder une démarche ſi deſirée de tous les intereſſés. Le Marquis ſe trouvant en fond, voulut faire les choſes noblement & à l'ordinaire, ne preſcrivant rien à ſon aînée ; ſe contentant ſimplement de lui expliquer les bonnes intentions où il ſe trouvoit en faveur de ſa cadette, il la chargea du ſoin de remplir ce détail à ſa diſcrétion

La jeune fille étoit poſtulante en attendant le tems de prendre cet habit, unique but alors de ſes deſirs ; & Mademoiſelle de Marſange partit auſſi-tôt la derniere lettre reçue, ou plutôt auſſi-tôt que l'arrivée des finances eut mis ſon pere en état d'exaucer ſa priere. Comme il n'y avoit que ſix lieues de Marſange à l'Abbaye, ce court trajet fut fait ſi promptement qu'elle y arriva de fort bonne heure.

MADAME l'Abbeſſe, qui ignoroit le changement de ſes affaires, apprenant ſon arrivée, ne mit point en doute, qu'après avoir été dépoſſédé de ſon château, le Marquis & ſa femme, ayant trouvé un foible aſyle auprès de quelque ami, ſa fille n'en vint chercher un auprès d'elle. Cette généreuſe Dame qui aimoit tendrement ſa famille, reçut ſa niéce les larmes aux yeux; & ſans lui donner le tems de s'expliquer, elle lui fit un diſcours fort tendre & fort touchant ſur l'inſtabilité des choſes de la terre, cherchant à lui perſuader par les meilleures raiſons qu'elle put inventer, qu'il falloit envisager comme une grace spéciale de la Providence, la perte d'un bien qui l'auroit malgré elle tenue liée à un monde funeste, où il lui auroit été absolument impossible de faire son salut.

La bonne Abbesse qui connoissoit l'éloignement de sa niéce pour le Cloître, ce dégoût étant chez elle dès sa plus tendre enfance, en étoit toujours affligée; envisageant cet éloignement comme un signe de réprobation: & jugeant que pour se résoudre à recourir à cette ressource, elle avoit plus besoin d'y être encouragée qu'une autre, elle se crut obligée d'étaler tout de suite sa précieuse éloquence, tant pour la consoler que pour l'affermir dans ce nouveau parti. Le zéle dont elle étoit remplie ne lui permit pas, avant de commencer le débit de sa morale, de faire attention aux mouvemens du visage de Mademoiselle de Marsange ; où si elle l'eût examiné elle n'y eût remarqué aucun signe du désespoir dans lequel elle la croyoit plongée.

L'Heureuse situation où elle se trouvoit l'ayant mise en une assiette tranquille, elle crut qu'elle feroit plaisir à sa chere tante de lui laisser débiter le discours que sans doute elle avoit composé pour la réception de Julie. Et quoiqu'elle connût son erreur, elle ne voulut pas l'interrompre ; mais voyant qu'elle avoit fini, elle commença à son tour : & après l'avoir tendrement remerciée de tous ses témoignages de bonté, elle la désabusa, en lui apprenant l'heureux changement qui étoit survenu chez elle, & en lui faisant connoître que l'unique but de son voyage n'étoit pas de faire un long séjour dans ce lieu, où elle ne venoit que pour y assurer l'état de sa sœur, & lui faire part de sa bonne fortune, en lui rendant la vie plus agréable.

La jeune Postulante, ravie de ce qu'elle entendoit, en témoigna sa joie à son aînée, de même que la reconnoissance qu'elle avoit de ses attentions; & elle y employa des termes qui prouvoient qu'elle en étoit pénétrée. Mademoiselle de Marsange ne l'avoit pas vue depuis l'âge de quatre ans, qu'elle avoit été mise entre les mains de l'Abbesse. Elle la trouva charmante; & les caresses qu'elle en reçut pendant huit jours qu'elle passa à l'Abbaye, la lui rendirent fort chere.

Ce tems fut employé à prendre les mesures convenables pour sa prise d'habit; on prépara les ajuſtemens que Mademoiſelle de Marſange paya liberalement, voulant que ſelon ſon état tout fut du plus beau & du mieux conditionné. Tout alla bien pendant cette ſemaine. La ferveur dil'gente de la jeune perſonne, la mettoit en état de faire ſon devoir de Novice, & cependant de paſſer bien des heures auprès de ſa ſœur. Elle ne reſpiroit que la joie de la voir, ſans que cela portât de diminution à celle qu'elle témoignoit de voir ceſſer les obſtacles qui s'étoient oppoſés depuis quelque mois à ſon *enrôlement dans la ſainte Milice*; mais le moment du départ approchant, la penſée qu'elle alloit perdre la compagnie d'une ſœur qu'elle aimoit ſi tendrement, & pour qui elle avoit tant de reconnoiſſance, lui fit payer cher les plaiſirs que lui avoit fait goûter ſon ſéjour à l'Abbaye.

Mademoiselle de Marſange fut extrêmement ſenſible à cette preuve qu'elle recevoit de l'attachement de ſa ſœur ; mais elle ne la tenta point, & ne put ralentir le deſir qu'elle avoit de retourner à Marſange. Outre l'ennui du Cloître il y avoit dans ſon cœur une raiſon encore plus preſſante ; c'étoit l'impatience de revoir ſon Amant. Elle n'auroit pas fait à l'Abbeſſe & à ſa ſœur une ſi longue viſite, ſi le Comte n'eût pas été abſent ; mais le jour qu'elle partit du Château, il y en avoit quatre que lui-même étoit éloigné pour un voyage de douze jours, dont le terme finiſſoit préciſément le lendemain. Ayant pris ce tems-là pour faire le ſien, elle vouloit être de retour à Marſange la veille de ſon arrivée.

Cet empreſſement, coloré de l'apparence du devoir de la bienſéance,

ſéance, & de l'obéiſſance qu'elle devoit à ſon pere, qui lui avoit ordonné de ne pas reſter davantage, ſur quoi elle avoit donné ſa parole à Monſieur de Neuger de ſe rendre au tems preſcrit, étoit veritablement l'effet de ſon amour. Mais appréhendant, ſi elle laiſſoit pénétrer ce motif au Comte, qu'il ne s'en prévalût pour ſe ſouſtraire à la dépendance où elle prétendoit le retenir, voulant allier tous ces divers intérêts ſans ſe priver ſi-tôt du plaiſir de voir ſa ſœur, elle lui propoſa de venir à Marſange avec elle, étant perſuadée que ſon pere trouveroit bon qu'elle vînt lui faire ſes adieux, & une derniere viſite à ſa mere avant de s'engager à ne plus ſortir de cette Maiſon. Le prétexte de recevoir la bénediction d'une mere, à qui ſon état languiſſant ne permettroit jamais d'aller à l'Abbaye, & celui d'assister aux nôces de sa sœur, parut suffisant à cette Demoiselle pour ne pas mettre en doute que Monsieur de Marsange n'en fût satisfait, présumant sur l'experience du passé, que son consentement ne pouvoit manquer de suivre ce qu'elle auroit jugé à propos.

JULIE resta interdite à la proposition de son aînée, lui avouant qu'elle auroit bien du plaisir à revoir encore une fois la maison paternelle (dont elle n'avoit aucune idée) avant d'y renoncer pour toujours; & qu'elle seroit charmée aussi d'être témoin de son bonheur : mais elle ajouta qu'elle appréhendoit que cela ne retardât sa prise-d'habit, & que *Madame* ne le trouvât pas bon. Mademoiselle de Marsange combattit ses raisons, en lui faisant entendre que ce retardement ne seroit pas long, parce que tout étant reglé, elle devoit être mariée avant qu'il fût quinze jours, ou tout au plus trois semaines ; & si-tôt que notre mariage sera fait, poursuivit-elle, nous viendrons faire le vôtre, où, à ma sollicitation, je suis certaine que Monsieur de Neuger fera si bien les choses, que vous ne serez pas fâchée d'avoir fait connoissance avec votre beau-frere. Il est généreux, & cela n'est point absolument indifferent pour une Religieuse, à qui la Maison ne fournit pas toujours les petites douceurs dont elle auroit besoin.

Les discours de Mademoiselle de Marsange étoient si persuasifs, que Julie n'y résista que foiblement, & qu'elle ne lui opposa plus d'autres difficultés que celle de la crainte que *Madame* n'y en fit naître.

Ce qu'elle avoit prévu arriva ; & l'Abbesse, peu touchée des esperances sur quoi elle fondoit ce voyage, non plus que de l'espece de nécessité d'aller revoir les lieux de sa naissance, où *tout seroit nouveau pour elle*, n'approuva point un desir qu'elle traitoit de curiosité indiscrete, & de tentation du malin esprit, qui, jaloux de la voir sur le point de s'affranchir de ses *Artuces*, les redouble pour l'obliger à regarder en arriere.

La Maîtresse des Novices, consultée sur cette proposition, tint à peu près le même langage, disant que si elle sortoit, son épreuve, qui étoit finie, lui deviendroit inutile ; & qu'en la recommençant elle perdroit ses droits d'ancienneté (qui sont des priviléges forts précieux dans les Monasteres.)

La Postulante n'osoit répliquer au discours de ces Dames, & elle désesperoit d'obtenir cette permission, que la proposition de sa sœur lui avoit rendue si chere, qu'elle auroit préferé de perdre dix ans d'ancienneté, & de recommencer ses épreuves autant de fois, à la condition d'obtenir ce qu'elle souhaitoit avec tant d'ardeur. Mais Mademoiselle de Marsange, de qui l'humeur hautaine n'étoit point accoutumée à trouver d'oppositions à ses volontés, ayant tant fait que de témoigner qu'elle vouloit que sa sœur la suivît, crut son honneur intéressé à faire exécuter ses intentions. Elle le lui avoit promis, & vouloit absolument lui tenir sa parole.

Ne voulant plus s'abbaisser

juſqu'à renouveller des prieres, qu'elle avoit d'abord jugées ſans conſéquence ; & qu'en penſant ſeulement qu'elles ne ſervoient qu'à couvrir du voile de l'honnêteté, l'ordre qu'elle croyoit être en droit de donner au ſujet de ſa ſœur, elle dit fierement à ces Dames, qu'elle avoit promis à Julie de lui faire faire une penſion conſiderable par le Comte, & de faire un préſent à la Sacriſtie à ſa conſideration ; mais que ce n'étoit qu'à la condition qu'elle viendroit la lui demander. De plus, pourſuivit-elle, l'accommodement qu'il a bien voulu faire avec mon pere, n'eſt juſqu'à préſent que verbal, & c'étoit ſur ſa ſeule génerosité, que je vous ai promis une dote & une penſion : vous pouvez, Meſdames, pourſuivit-elle dédaigneuſement, garder les meubles & les étoffes que j'ai payés, mais ſongez que ce ſera le dernier argent que vous verrez de notre part ; & je vous déclare qu'en manquant à la complaiſance qui eſt dûe à Monſieur de Neuger, c'eſt un exemple dont lui & moi profiterons ; & vous pouvez vous préparer à recevoir ma ſœur *gratis*, ou à me donner la ſatisfaction que je deſire.

Le moyen que Mademoiſelle de Marſange employa, étant des plus convainquant, fut auſſi victorieux. L'Abbeſſe & la Mere des Novices, ſe regardant d'un air conſterné, n'eurent pas beſoin d'aſſembler les *Diſcretes* pour ſe déterminer : elles auroient commis un crime de leze-communauté, qui n'eût été pardonnable ni dans ce monde ni dans l'autre, ſi par une obſtination mal placée, elles euſſent empêché des mondains de racheter leurs péchés par l'aumône envers de pauvres filles qui n'avoient que quatre-vingt mille livres de rente. Ainsi la question fut décidée en faveur de la sortie de Julie. Mais l'Abbesse appréhendant que Monsieur de Marsange n'approuvât pas leur décision, elle fit consentir sa niéce à partir seule, & à lui envoyer un ordre du Marquis pour laisser aller la Postulante.

MADEMOISELLE de Marsange n'ayant rien à opposer à une raison si pertinente, monta dans sa chaise; & après avoir embrassé sa sœur, en l'assurant qu'elle auroit incessamment de ses nouvelles, elle partit, bien persuadée qu'elle ne tarderoit à lever l'obstacle que ces Religieuses avoient opposé à ses desseins, qu'autant de tems qu'il lui en faudroit pour faire signer cet ordre à ſon pere, dont elle ſe croyoit certaine. Il n'en fut pas de même de Julie, qui joignoit au chagrin de la voir s'éloigner ſans elle, l'incertitude du ſuccès, & la crainte des réprimandes Monaſtiques, qui, effectivement ne lui manquerent pas, & qui l'ennuyerent ſans l'obliger à changer d'avis. Ces Dames propoſerent de la forcer, en vertu de la ſainte obédience, d'écrire à ſa ſœur qu'elle ſe repentoit de la tentation qu'elle avoit eue de vouloir rentrer dans la mer orageuſe du monde. Elles tinrent conſeil ſur cela. Le zéle pour le ſalut de la pauvre brebis prête à être dévorée par le loup infernal, les portoit à faire cette ſainte ſupercherie ; mais ce mot redoutable de *ſans dot*, & les conſéquences qui devoient s'enſuivre, ramena tout le conſeil au prudent proverbe, qui, de *deux maux*, ordonne *d'éviter le pire* : & on se retrancha à bien chapitrer la coupable.

Sa douleur fut si grande en se séparant de cette chere sœur, qu'elle ne la put supporter sans s'évanouir, & cette preuve de son bon naturel augmentant le zéle de Mademoiselle de Marsange, elle parla de cette affaire à son Pere, à sa Mere & à son Amant, avec tout l'empressement possible. Ce dernier étant arrivé le premier au Château, vint au-devant d'elle. Ce fut par lui qu'elle commença son plaidoyer contre la dureté de ces Nonnes, en lui faisant un portrait admirable de sa sœur, & tournant en ridicule la délicate régularité de sa tante, qui n'avoit pas voulu la lui confier.

Le Comte étoit trop complaiſant pour ne pas trouver avec elle que l'Abbeſſe avoit grand tort, & qu'un tel ſcrupule étoit fort mal placé. Mais quoique le vieux Marquis applaudît d'ordinaire à tout ce qu'elle propoſoit, elle le trouva contrariant pour la premiere fois de ſa vie. Loin de blâmer l'Abbeſſe & de traiter ſa régularité de ſottiſe Monacale, il la blâma fortement elle-même d'avoir inſpiré cette fantaiſie à ſa ſœur.

MADEMOISELLE de Marſange n'étoit point venue en poſte; le Marquis lui avoit envoyé les mêmes chevaux qui l'avoient menée. Cette voiture domeſtique donna la commodité à l'Abbeſſe de lui écrire ce qui s'étoit paſſé; les diverſes conſéquences qui en pouvoient réſulter, & finiſſoit par lui demander ſes ordres, en lui conſeillant le refus. Elles avoient pris ce parti pour n'être point chargées de la perte de la dot, & en même-tems pour ne point laisser sortir une jeune personne dans une telle occurrence. Ainsi prévenu sans que sa fille le sçût, elle le trouva tout disposé à la refuser ; ce qu'il fit sans balancer & sans vouloir même écouter les raisons qu'elle ne vouloit lui faire approuver, que parce qu'elle les trouvoit excellentes.

Pour couper court à ses discours ; je ne prétens point, lui dit-il, hazarder la vocation de votre sœur ; elle est contente d'être Religieuse, & ne peut avoir aucun regret aux plaisirs du monde, qu'elle ne connoît pas. Elle n'en sçait que ce que ces Dames lui en disent, qui certainement ne lui en montrent que les épines & les dangers. Eh ! qui peut vous assurer, poursuivit-il, que le voyant dans un brillant tel qu'il ſera le jour de vos nôces, elle n'y prendroit point trop d'attachement, & qu'elle auroit la force de le quitter ſans regret. Si elle s'y attachoit aſſez pour que ſa ſéparation troublât ſa tranquillité, quel chagrin n'aurois-je pas, & quels reproches ne vous devriez-vous point faire de l'avoir dégoûtée d'un état qui eſt indiſpenſable pour elle, & d'être cauſe qu'elle en prendroit la chaîne en gémiſſant? Enfin, Mademoiſelle, je vous déclare que je ne prétens pas en courir le riſque. Si, comme vous le dites, & comme je n'en doute pas, le Comte continuant à être genereux, juge à propos de lui faire du bien, il lui envoyera ſon préſent, ou le lui portera ſi vous voulez lui-même, après qu'il ſera marié, ſans qu'elle ſorte de ſon Couvent, ni lui faire faire une entrée dans le monde, qui seroit aussi dangereuse, aussi inutile & d'aussi courte durée.

MADEMOISELLE de Marsange auroit sans doute cédé à la volonté de son pere, s'il l'eût moins accoutumée à ne suivre que la sienne; mais le peu d'usage qu'elle avoit jamais fait des contrarietés, ne lui permit pas d'endurer patiemment celle-ci. Et elle lui répondit que ces craintes étoient frivoles, lui répetant presque tout ce qu'elle lui avoit déja dit; mais le Marquis lassé de son obstination, la laissa auprès de sa mere, en lui disant d'un ton ferme, qu'elle ne devoit pas compter l'y faire consentir.

MADEMOISELLE de Marsange, outrée de ce refus, qu'elle envisageoit comme un affront sanglant, tint les mêmes discours à la Marquiſe, dans l'eſperance que ſi elle la pouvoit convaincre de la bonté de ſa cauſe, elle lui aideroit à ſurmonter l'obſtination de ſon pere. Pour la toucher encore par quelqu'endroit nouveau & ſenſible, elle lui dit le plus pathétiquement qu'il lui fut poſſible, que le but principal de cette pauvre enfant, & celui où elle aſpiroit davantage, étoit d'avoir la conſolation de l'embraſſer une fois avant de renoncer pour toujours au bonheur de la voir; ne pouvant eſperer cette ſatisfaction, à moins qu'elle ne la vint recevoir chez elle, puiſque l'état où elle la ſçavoit ne lui permettoit point de ſe flatter qu'elle la verroit jamais venir à l'Abbaye.

En effet, il n'y avoit aucune apparence que Madame de Marſange pût être vue ailleurs qu'en ſon Château, étant accablée par un rhumatiſme univerſel, qui, loin de lui permettre de monter en carroſſe & de faire le moindre voyage, ne lui laiſſoit ſeulement pas la douceur de marcher avec une canne; & quand elle vouloit changer de place, il falloit que deux perſonnes la p rtaſſent ſur un fauteuil.

Les raiſons de Monſieur de Marſange étoient trop claires, & la Marquiſe étoit trop ſenſée pour ne les avoir pas goûtées. Quoiqu'elle fût touchée de l'affection que ſa cadette témoignoit pour elle, elle n'en fut point ébranlée : & la tendreſſe maternelle ne lui fit pas trouver davantage que ſon mari eût tort; ainſi Mademoiſelle de Marſange, voyant, pour la premiere fois de ſa vie, échouer ſon crédit, (qui, juſqu'à ce moment avoit été ſans bornes,

bornes, ce qu'elle pouvoit regarder comme une autorité indépendante) en fut dans la plus vive affliction, qui étoit d'autant plus forte, qu'elle se croyoit personnellement offensée par ce refus. Le dépit qu'elle en eut lui fit répandre des larmes ameres ; & ne pouvant se contenir, elle s'en alloit dans son appartement pour pleurer en liberté, quand elle rencontra le Comte, qui fut fort surpris de la voir si émue.

Il lui en demanda la raison avec empressement, & elle n'en témoigna pas moins à la lui apprendre, trouvant un soulagement à sa douleur en la racontant : elle exagera la dureté & l'injustice d'un tel refus : je suis au désespoir, lui dit-elle ; j'ai été voir cette pauvre petite, je ne la connoissois pas, elle n'avoit que quatre ans & moi dix, quand on nous à ſéparées, les liaiſons qui étoient entre nous, étoient trop foibles pour ſe conſerver avec beaucoup de vivacité dans une ſi longue abſence. Je l'aimois parce qu'elle étoit ma ſœur; mais comme c'étoit ſans la connoître, je vivois tranquillement éloignée d'elle, & je regardois avec indifference la ſéparation éternelle qui alloit ſe faire entre nous, n'y penſant que legerement. Il n'en eſt pas de même à préſent; je l'aime par goût & par connoiſſance; elle a les mêmes ſentimens pour moi, perſuadée que la grace que je lui faiſois eſperer ne trouveroit point d'obſtacles. J'ai reveillé dans ſon cœur l'affection qu'elle avoit pour ſa famille : c'eſt moi qui lui ai fait deſirer de la voir, par l'eſperance que je lui en ai donnée. J'ai fait mon affaire d'en obtenir la permiſſion, convaincue que rien n'étant plus juſte, je n'y trouverois aucunes difficultés. Je n'en ai pas fait de répondre aux Religieuſes du conſentement de mon pere, & toute ma bonne volonté pour elle ſe terminera à la rendre malheureuſe toute ſa vie, en lui laiſſant regretter une douceur capable d'en goûter de pures dans ſa retraite, à faire ſentir à cette infortunée le peu d'affection que ſa famille a pour elle, & à faire connoître que je me ſuis vantée d'un pouvoir que je n'ai pas..

Le Comte ne trouvoit pas interieurement que les raiſons du Marquis fuſſent ſi mauvaiſes; il les comprenoit, quoique l'on ne les lui eût pas communiquées; elles étoient trop claires & trop judicieuſes pour qu'il pût les déſapprouver ; mais touché du déplaiſir de ſa maîtreſſe, il l'aſſura qu'il voudroit être le maître de lui donner ce contentement, & que s'il dépendoit de lui, il ne balanceroit pas un moment à courir chercher cette ſœur qui lui étoit ſi chere.

Ce diſcours, que la complaiſance lui dictoit, fut ſaiſi au vrai par Mademoiſelle de Marſange, & elle lui dit qu'elle ne doutoit pas qu'il n'eût aſſez de crédit auprès de ſon pere pour obtenir cette grace, puiſqu'il vouloit bien s'y intéreſſer, & qu'il lui feroit un extrême plaiſir de le demander. Il voulut d'abord s'en diſpenſer, en ſuppoſant que Monſieur le Marquis pourroit croire qu'il avoit deſſein de lui faire la loi ; mais les inſtances qu'elle lui en fit, & la crainte de la déſobliger, ne lui permirent pas de contester davantage. Ainsi, quoiqu'il approuvât le procédé du Marquis, il fut forcé de le prier avec tant d'instances, qu'il ne put refuser ; & malgré ses justes répugnances, il lui fallut céder, & donner enfin ce consentement tant desiré.

MADEMOISELLE de Marsange ravie de l'avoir obtenu, appréhendant que si elle confioit le soin d'aller chercher sa sœur à quelqu'un, il y auroit des ordres secrets qui mettroient obstacle à ce qu'elle sortît de sa prison, (c'étoit ainsi qu'elle appelloit le lieu de sa retraite) résolut de ne s'en rapporter qu'à elle. Elle partit le lendemain à la pointe du jour, emmenant seulement une Femme-de-chambre & le Comte, qui voulut par galanterie être du voyage, en témoignant une impatience extrême de voir cette aimable Novice, dont ſa maîtreſſe lui avoit fait un portrait ſi charmant,

La Poſtulante qui trembloit de peur qu'on ne l'eût oubliée, & qui pourtant ne ſe flattoit pas d'un ſi prompt retour, fut comblée de joie en revoyant ſa ſœur & le conſentement qu'elle apportoit, qu'elle avoit à peine oſé eſperer. Mademoiſelle de Marſange, d'un air conquerant, préſenta à ſa tante la lettre de ſon pere; & ſans ſe vanter de la peine qu'elle avoit eue, non plus que des moyens qu'elle avoit employés pour l'obtenir, elle lui dit, que ſi elle eût voulu s'en rapporter un peu plus à ſa parole, elle lui auroit épargné ce ſecond voyage: mais qu'elle ne regrettoit pas ce petit contre-tems, puiſqu'il lui occaſionnoit l'honneur de la revoir, ſi peu de tems après l'avoir quittée.

L'Abbesse étoit de bon esprit, & feignant de ne pas sentir le reproche renfermé dans ce compliment, elle lui fit autant de caresses que si elle ne l'eût pas vue la veille. Et le moment de partir étant venu, elle embrassa tendrement Julie, sans pouvoir retenir ses larmes, malgré les assurances qu'elle lui donnoit d'être de retour aussi-tôt que le mariage de sa sœur seroit fait, ce qui ne pouvoit point passer un mois ou six semaines au plus tard; parce qu'en arrivant chez elle, Mademoiselle de Marsange avoit trouvé une lettre du Vicomte de Neuger à son neveu, par où il lui apprenoit qu'il avoit la goutte, & que cet incident venoit fort mal-à-propos, puisque les affaires qui l'avoient retardé étant finies, il seroit parti le lendemain sans ce nouveau contre-tems ; mais qu'il ne se flattoit pas d'en être quitte à moins de six semaines, qu'il avoit coutume de la garder.

L'Abbesse répondit aux protestations de sa fugitive, qu'elle souhaitoit de la voir revenir aussi satisfaite qu'elle l'étoit en partant: mais elle ajouta qu'elle n'osoit l'esperer. Tous les embrassemens étant finis, de même que les souhaits pour le bonheur des futurs époux, ils reprirent gaiement le chemin de Marsange. L'Amant fort content d'avoir donné cette satisfaction à sa maîtresse, qui étoit ravie d'emmener sa sœur, & de n'avoir point eu le désagrément de cette aventure: mais rien n'étoit comparable à la joie de Julie, elle ne la pouvoit contenir, & ne cessoit de rendre grace à une sœur, par qui elle en jouissoit, n'oubliant pas d'en té-

moigner

moigner ſa reconnoiſſance au Comte, quoiqu'elle ignorât encore la part qu'il y avoit ; mais la politique lui inſpiroit ce qu'elle auroit fait, ſi elle eût ſçu comment les choſes s'étoient paſſées.

TOUT ce qu'elle voyoit étoit nouveau pour elle. Et l'eſpace que parcouroient ſes yeux lui ſembloit immenſe. Les choſes les plus ſimples lui paroiſſoient des ſujets dignes de l'admiration de tout le monde. Dans cette agréable occupation, elle arriva auprès de ſa famille, où, malgré la répugnance que l'on avoit eue à lui permettre d'y venir, elle fut parfaitement bien reçue : & Mademoiſelle de Marſange eut le plaiſir de voir qu'elle n'étoit point accuſée d'avoir exageré le mérite de ſa ſœur. On applaudit à ſa beauté & ſon maintien ; chacun convenant qu'encore qu'elle eût passé sa vie au Couvent, elle joignoit à la modestie convenable en cette demeure, un air aisé & distingué, qui la faisoit aisément connoître pour une fille de qualité des mieux élevée. Cela n'étoit pas extraordinaire, & la Maison d'où elle sortoit avoit toujours été fameuse pour la belle éducation des jeunes Demoiselles. Toutes les Religieuses étant elles-mêmes des personnes de distinction, aussi propres à instruire par leurs talens que par leurs bons exemples.

JULIE étoit d'une taille moins avantageuse que sa sœur; mais elle avoit plus de beauté: & n'ayant pas autant d'usage du monde, si elle y paroissoit quelquefois neuve, on distinguoit aisément que ce n'étoit point par un défaut d'esprit. L'air ingénu (qu'elle affectoit peut-être) lui ſeyoit à merveille. Ses manieres douces & careſſantes pour tous ceux qui l'approchoient, lui attiroient l'affection génerale, en faiſant regretter ſecrettement qu'une auſſi aimable enfant fût réduite par le peu de fortune à renoncer au monde, dont elle auroit fait un ſi bel ornement.

La ſoumiſſion du Noviciat, dans laquelle elle avoit été élevée en naiſſant, lui avoit formé l'eſprit à la docilité, & lui avoit donné une égalité d'humeur qui la rendoit parfaite, en lui fourniſſant un nouveau merite aux yeux de ſa Sœur. Mademoiſelle de Marſange, qui aimoit à dominer, étoit enchantée de la complaiſance de cette jeune perſonne, qui ne perdoit pas une occaſion de lui faire connoître ſon tendre dévoûment. Loin d'être jalouſe des louanges que chacun lui donnoit, elle triomphoit de la juſtice que l'on rendoit à ſon goût, & elle écoutoit le bien qu'elle en entendoit dire avec autant de plaiſir, que ſi ç'eût été d'elle que l'on eût parlé. Le Comte de Neuger, qui connoiſſoit ſes ſentimens, joignoit le deſir de lui plaire à l'inclination qui le portoit à flatter cette jeune perſonne, lui prodiguant les politeſſes; à quoi elle répondoit d'un air ſi bon & ſi reconnoiſſant, qu'il lui auroit été impoſſible de ne la pas aimer.

Il redoubla les fêtes & les galanteries pour la divertir, & pour qu'elle profitât du tems qu'elle devoit être hors du Cloître. Mademoiſelle de Marſange, à qui les motifs qui le faiſoient agir n'étoient pas inconnus, lui en tenoit compte de tout ſon cœur; tandis que le Marquis, ne ſe départant point de ſon premier principe, ne les voyoit qu'à regret.

CEPENDANT le tems s'écouloit, & la goutte du Vicomte ne diminuoit point. Cette abſence retardoit le mariage, par conſéquent le retour de Julie dans ſon Couvent. Mais au bout du terme accordé, Madame l'Abbeſſe ne fut point pareſſeuſe à la faire ſouvenir qu'il étoit tems de ſe rendre, parce qu'il y avoit une autre Demoiſelle, ſa cadette, en rang d'ancienneté, qui preſſoit pour prendre l'habit. Son épreuve étoit finie, & il n'étoit pas convenable de la retarder plus longtems ſans une injuſtice qui lui pouvoit faire prendre le parti de quitter la Maiſon; ce qui, en cauſant le mauvais exemple & en faiſant accuſer l'Abbeſſe de partialité pour ſa niece, cauſeroit indubitablement un autre accident, cette jeune perſonne étant fort riche, & appartenant à des parens qui vouloient faire grandement les choſes. Pour obvier à tout inconvénient, & pour lui éviter l'affront de voir ſa cadette devenir ſon ancienne, il étoit abſolument néceſſaire qu'elle ſe rendît inceſſamment, lui apprenant qu'elle trouveroit tout prêt pour prendre le voile en arrivant, tandis que ſans que ſon Antagoniſte eût ſujet de ſe plaindre, on avoit arrangé les choſes pour que ſa réception fût naturellement retardée de huit jours.

MONSIEUR de Marſange ayant reçu de ſa belle-ſœur une lettre ſemblable à celle de Julie, la fit appeller pour la lui communiquer, & pour lui dire qu'il lui conſeilloit de partir le lendemain.

Quoique celle qu'elle venoit de recevoir lui fît aiſément préſumer quel étoit l'entretien que ſon pere vouloit avoir avec elle, elle ne laiſſa pas de reſter interdite à cet avis, donné d'un ton de commandement, & le Marquis jugea aiſément à ſon air conſterné qu'elle n'obéiroit pas avec plaiſir.

Apres lui avoir lu ſa lettre, voyant qu'elle gardoit le ſilence, il la lui relut encore, & lui ordonna enfin de s'expliquer : à quoi ne pouvant plus ſe taire, elle répondit d'une voix émue qu'elle obéiroit, & ſe retira, ne pouvant plus contraindre ſes larmes.

Tandis que le Marquis ſe repentoit d'avoir cédé aux inſtances que ſon aînée lui avoit faites & fait faire par le Comte, prévoyant les contre-tems qui alloient ſuivre ſa trop grande facilité, la jeune affligée couroit chercher ſa ſœur ; & l'ayant trouvée dans ſon appartement, elle ſe jetta ſur une chaiſe, ſans pouvoir prononcer un mot. Les ſanglots, qu'elle avoit retenus devant ſon pere la ſuffoquant, elle n'en fut plus la maîtreſſe, & elle s'abandonna à ſon déſeſpoir. Mademoiſelle de Marſange épouvantée de l'état où elle la voyoit, n'ayant aucune connoiſſance des deux lettres qui le cauſoient, eſſaya par les plus tendres careſſes à la mettre en ſituation de lui apprendre ce qui l'occaſionnoit, l'attribuant à quelque bruſquerie reçue de la part du Marquis, & préſumant que le peu d'habitude à en recevoir étoit cauſe de ſes allarmes.

Elle la preſſa longtems avant que Julie pût lui répondre. Mais faiſant un effort, adieu, ma chere ſœur, lui dit-elle, l'affreux moment approche, où je dois être ſeparée de vous. Je parts demain, & j'en mourrai de douleur. Ce peu de mots entrecoupés de ſanglots, toucha ſenſiblement Mademoiſelle de Marſange, quoiqu'elle ne doutât point qu'à l'amitié fraternelle, il ne ſe joignît une répugnance pour le Couvent. Elle ne lui en ſembla que plus à plaindre : & ſa ſituation plus cruelle.

Expliquez-vous, ma chere Julie, lui dit-elle en l'embraſſant affectueuſement ; & me dites naturellement ſi vous n'avez plus deſſein d'être Religieuſe. Hélas, reprit-elle, en redoublant ſes larmes ; à quoi me ſerviroit de vous faire cette confidence. Il ne dépend point de moi de choiſir ma deſtinée : & il ne me reſte qu'à la remplir de bonne grace.

Je m'y ſoumettrai, ajouta-t-elle, mais je ne ſurvivrai pas à notre ſéparation. En achevant ces mots, ſes pleurs redoublerent, & Mademoiſelle de Marſange, attendrie, craignit qu'elle n'en étouffât.

COURAGE, ma chere enfant, lui dit-elle, ne vous laiſſez point accabler par un malheur à qui il eſt encore du remede : & m'avouez ſans crainte ſi vous n'avez plus de vocation. Après avoir eu le crédit de vous amener ici, j'eſpere avoir encore celui de vous retenir.

LA jeune fille, raſſurée en quelque ſorte par les promeſſes & les amitiés que ſa ſœur lui faiſoit, étant un peu calmée, ſe trouva en état de lui répondre, & de lui dire qu'elle n'avoit jamais ſçu ce que c'étoit que cette vocation dont on l'aſſuroit qu'elle étoit ſuffiſamment pourvue. On m'en a toujours parlé depuis que je ſuis capable d'entendre, pourſuivit-elle ; & je le croyois ſur la bonne-foi de celles qui m'en aſſuroient, ſans comprendre ce que c'étoit, m'imaginant qu'une façon de vivre que l'habitude m'avoit rendue familiere, & que je croyois aimer, parce que je n'en connoiſſois pas d'autres, rempliſſoit ce faſtidieux mot de *Vocation*, que j'entendois repeter ſans ceſſe. Je n'avois jamais vu que le Couvent, & je croyois que tout l'univers ſe gouvernoit ſur les mêmes principes. Je ne connoiſſois mes parens que de nom, à l'exception de ma tante, qui m'accabloit d'amitiés, de même que toutes les Dames. Je les aimois tendrement, & elles m'élevoient dans l'idée qu'elles me feroient la grace de me donner leur habit quand je ſerois grande. Ce qu'elles me faiſoient valoir comme une faveur ſinguliere, qui ne s'accordoit point également à toutes celles qui la deſiroient.

QUAND j'ai été un peu plus âgée, continua-t-elle, en entretenant cette premiere inſpiration, on y ajoutoit des peintures effroyables, qui me repréſentoient les périls des gens du monde. On me montroit des eſtampes qui repréſentoient des cœurs remplis de diables cornus, qui avoient des gueules enflammées prêtes à dévorer les mondains, mordant ces mêmes cœurs, qui étoient ſurmontés de têtes attifées à la mondaine. A ces repréſentations étoient oppoſés d'autres cœurs qui avoient des têtes coëffées en Madones. Ils étoient remplis de croix, d'inſtrumens de pénitence, de rayons céleſtes & d'Anges qui les couvroient de fleurs. On ne manquoit pas à me dire que c'étoient des portraits parlans de l'ame des gens du monde, & de celles des perſonnes qui étoient aſſez heureuſes pour avoir pris le parti de renoncer à la terre & à ſes charmes impoſteurs ; que les uns & les autres avoient dans leur cœur effectif tout ce qui étoit repréſenté dans ces images : les premiers étant ſans ceſſe environnés inviſiblement de paſſions criminelles, que l'on me dépeignoit comme des monſtres prêts à les dévorer : que ces monſtres n'étoient eux-mêmes que des démons déguiſés, qui s'excitoient entr'eux contre les malheureux humains. On me faiſoit lire auſſi de belles hiſtoires, où les diables perſonnifiés ſéduiſoient les ames par cent piéges differens.

D'UN autre côté, on me faisoit envisager les murs de cet asyle sacré, comme impénétrables aux séductions de l'ennemi du genre-humain. Je croyois tout cela à la lettre, & je me félicitois cent fois le jour d'être si heureusement à couvert de l'orage; priant Dieu de tout mon cœur d'inspirer à toute ma famille le desir de venir dans un semblable refuge, se soustraire aux malheurs dont elle étoit menacée. Ce fut bien encore le triomphe de leur sainte éloquence, ajouta Julie, quand mon pere eut perdu son procès: elles ne manquerent pas à me représenter les inquiétudes qui l'avoient accompagné tant qu'il avoit été incertain; & son désespoir, de même que sa cruelle situation depuis qu'il étoit perdu;

& par contraſte, à me vanter la douceur de mon état, dans le port du ſalut où j'avois le bonheur d'être, qui m'empêchoit de partager les maux que cette affreuſe tempête alloit vous cauſer à tous, autrement que par les ſentimens de la compaſſion chrétienne, & comme une fille tendre, qui doit s'intereſſer aux évenemens dont ſa famille eſt frappée.

Mon eſprit & mon cœur étant dans ces diſpoſitions, j'ai demandé à faire mon épreuve, ne croyant jamais la pouvoir faire aſſez tôt pour éviter d'être envéloppée dans la diſgrace dont j'étois informée. Et dans ce tems-là je n'aurois eu aucun regret à une liberté qui m'étoit inconnue, ſi j'avois achevé ce ſacrifice ſans vous connoître : mais à peine je vous ai eu vue, que j'ai ſenti une véritable douleur de perdre l'eſperance de vivre auprès d'une Sœur, dont je n'ai pas été long-tems ſans connoître le merite. Je n'aurois pourtant point oſé former le ſouhait de vous ſuivre, ſi vous-même ne m'en aviez flattée. Mais alors ce voile d'illuſion s'eſt diſſi-pé ; & j'ai compris que c'étoit une erreur groſſiere de m'imaginer que je ne pourrois pas faire mon ſalut auprès de vous, de qui les bons exemples me guideroient mieux à la vertu, que ne peuvent faire toutes les leçons du Cloître, où il ne m'eſt plus permis d'eſ-perer que de triſtes jours, ſous un eſclavage d'autant plus dur, qu'à préſent j'en connois le ridicule, que malgré cela je ne puis éviter.

J'OBÉIRAI à ma triſte deſtinée, s'écria-t-elle douloureuſement; mais je ne ſerai pas long-tems malheureuſe, & vous apprendrez

bientôt

bientôt que je n'ai point ſurvécu au malheur de vous quitter. Adieu pour toujours, ma chere Sœur, lui dit-elle, en ſe jettant à ſon cou : que ce ſoit ici le dernier moment que nous devons paſſer enſemble. Je vous conjure, ſurtout, de ne point paroître à mes yeux à l'inſtant de mon départ : je ne ſoutiendrois pas avec décence cette cruelle ſéparation ; je témoignerois trop ce qu'elle me coûte. Comme je ne regrette que vous, il ne me ſera pas difficile d'affecter de la fermeté devant les autres : pourvu que je ne vous voie point, je conſerverai aiſément les apparences de la tranquillité dont je ſuis bien éloignée. A ces mots, en lui preſſant la main, ſans avoir la force d'en dire davantage, elle ſe leva pour ſe retirer chez elle. Mais Mademoiſelle de Marſange la retenant :

arrêtez, ma chere Julie, lui dit-elle, en la ferrant dans fes bras ; ceffez de vous livrer à un défefpoir capable de vous devenir funefte : & puifque vous avez tant de dégoût pour la vie monaftique, je vais faire mes efforts pour vous en préferver. Mon Pere eft trop honnête homme pour ufer de violence en cette occafion. Elle eft trop importante. Je me charge de lui apprendre vos fentimens, & de l'engager à vous rendre maîtreffe de votre fort.

Je connois tout le prix de vos bontés, répartit Julie ; mais j'en connois mieux que vous l'inutilité. M. de Marfange vous objectera que je ne pu · rien efperer dans fa fucceffion, où vous-même n'auriez aucun droit fans l'heureux mariage qui vous la rend ; & que s'il eft dans une fituation plus heureuse qu'il n'avoit osé l'esperer après le fatal succès de son Procès, ce bonheur ne durera qu'autant que sa vie, ne pouvant influer sur moi, de qui le sort ne sera pas meilleur ; & qu'il n'y a rien de plus cruel que celui d'une fille de qualité sans bien & sans esperance. Il m'a déja tant de fois tenu ce discours, que je le sçais par cœur.

Je voudrois, lui dit cette généreuse Sœur, qu'en me donnant moins, il pût vous donner mieux ; & je verrois avec joie qu'il fit entre nous un tel partage. Le bien ne me sera jamais assez précieux pour balancer entre lui & votre amitié. Je n'ignore point quelles sont les bornes où son pouvoir est réduit. Mais, ma chere amie, quoiqu'elles soient fort étroites ; & que tout ce qu'il possède soit au Comte de N[illegible] ger,... dont lui-même ne peut disposer au gré de sa génerosité, étant retenu par la substitution qui le force à garder un bien que sans contrainte il remettroit de grand cœur à mon Pere, j'avoue que ces circonstances m'empêchent de vous promettre un établissement digne de vous. Mais je ne laisse pas de pouvoir vous assurer qu'il est assez riche & assez génereux, pour vous mettre du moins en état de vivre plus heureusement que dans une Clôture forcée: & au défaut de ce qu'il ne peut faire, vous trouverez toujours un agréable asyle auprès de nous. Il est assez opulent pour vous entretenir, sans s'incommoder, suivant votre condition, & pour vous mettre en état de trouver, en vous faisant connoître, un établissement convenable. Comme vous n'avez rien à desirer, à l'exception de la fortune, il ſe trouvera ſans doute quelqu'un qui aura aſſez de bon goût pour vous rendre juſtice; & vous ne ſerez pas la premiere fille de qualité, qui, étant jeune & belle ait trouvé à ſe marier avantageuſement malgré le défaut du bien.

ENFIN, dit-elle, quoique Monſieur de Neuger ne puiſſe diſpoſer des fonds de ſon bien, nous en mettrons aſſez enſemble pour avoir la facilité de faire des épargnes en votre faveur. En un mot, ma chere fille, pourſuivit-elle, comptez ſur moi, & ſoyez perſuadée que je n'épargnerai rien pour contribuer à vous rendre heureuſe. Ce ſera à vos bons procédés pour votre beau-frere à me ſeconder dans ce deſſein.

ELLE reçut avec joie des aſſurances ſi flatteuſes, & les termes affectueux, ſi communs dans les Cloîtres, ne furent point épargnés pour témoigner une reconnoiſſance ſi légitime. Elles étoient dans cette douce occupation quand le Comte parut.

Les pleurs n'étoient pas eſſuyeés, les aſſurances que Mlle de Marſange donnoit à ſa ſœur, la tranquilliſoient ſur ſes ſentimens, mais ne lui donnoient aucune certitude pour ceux de leur pere; & la crainte qu'elle ne pût obtenir ce qu'elles deſiroient, faiſoit couler les larmes de la cadette, que tous les diſcours de l'aînée ne pouvoit tarir.

Sans lui donner le tems de s'informer du ſujet qui les lui faiſoit répandre, Mademoiſelle de Marſange le prevenant : venez nous apprendre, Monſieur le Comte, lui dit-elle, ſi j'ai trop eſperé de votre bonté, en promettant votre protection à cette infortunée ; elle lui est absolument nécessaire pour la garantir de l'affreuse nécessité d'être Religieuse malgré elle. Je lui ai promis un asyle auprès de nous, & j'y ai ajouté, que vous feriez ce qui dépendroit de vous pour le lui rendre agréable : parlez, je vous prie, & nous dites si je me suis trompée en jugeant de cette façon.

NON, Mademoiselle, reprit le Comte, d'un air satisfait de trouver cette occasion de lui faire plaisir ; vous m'avez prévenu : & sans connoître les sentimens secrets de Mademoiselle votre sœur, j'ai été plusieurs fois tenté de vous inviter à la détourner d'un dessein qui ne me paroissoit pas convenir à ses charmes. Mais puisque nos pensées se trouvent conformes, j'en suis rávi ; & nous ne devons plus ſonger qu'à lui chercher un époux digne d'elle.

JULIE charmée des témoignages d'affection qu'elle recevoit de ſon beau-frere, quittant les bras de ſa ſœur, fut ſe jetter au cou du Comte, en le remerciant, & en l'aſſurant d'une ſoumiſſion éternelle. Ne vous inquiétez point pour me chercher un établiſſement, lui dit-elle, je n'ai plus rien à deſirer, ſi je puis paſſer mes jours auprès de vous & de ma chere ſœur. Il répondit à ce diſcours par de nouvelles proteſtations de faire pour elle tout ce qui ſeroit en ſon pouvoir : & ſa maîtreſſe ne trouvoit point de termes pour lui faire connoître le plaiſir qu'il lui faiſoit.

CETTE tendre ſcène auroit duré davantage, mais le tems étoit précieux, & il n'y en avoit point trop pour vaincre l'opiniâtreté qu'ils qu'ils s'attendoient à trouver dans l'esprit de Monsieur de Marsange. Il avoit déclaré à Julie qu'elle partiroit le lendemain à la pointe du jour ; & celui où ils étoient s'avançoit. Ils alloient commencer leur tentative, quand ils en furent empêchés par l'arrivée d'une compagnie nombreuse.

Ce contre-tems qui retardoit leurs projets les chagrina extrêmement ; & Julie n'étant pas en état de paroître, se tint dans sa chambre, balancée entre l'esperance qu'elle venoit de concevoir, & la crainte que toute la bonne volonté du Comte & de sa sœur, ne devînt inutile contre l'opiniâtreté de leur pere.

Elle avoit trop gagné l'affection de tous ceux qui venoient au Château, pour que l'on ne demandât pas de ses nouvelles avec empressement ; & le chagrin fut universel en apprenant qu'elle partoit le lendemain. On fit des complimens à Mademoiselle de Marsange sur la perte qu'elle alloit faire, à quoi elle répondit peu de chose ; mais ce fut d'un ton, qui, sans s'expliquer précisément, fit connoître au Marquis, qu'elle esperoit que lui & l'Abbesse leur accorderoient quelques jours pour se préparer à cette triste séparation.

Monsieur de Marsange, repartit avec vivacité, que le tems qu'elle avoit été au Château, & les conditions sous lesquelles elle y étoit venue, devoient suffire pour la préparer à en partir ; & que plus elle y resteroit, plus elle auroit de peine à s'en détacher : ajoutant, qu'il n'étoit pas possible de rompre les mesures qui avoient été prises à l'Abbaye, sans que cela lui portât un notable préjudice.

Mademoiselle de Marſange voyant que ſon pere s'échauffoit, & ne voulant point diſcuter cette affaire devant des étrangers, ne répliqua rien. Mais il ſentit à regret qu'il trouveroit plus d'obſtacles à renvoyer ſa fille qu'il ne l'avoit cru. Cela lui donna un air ſombre & inquiet que la compagnie attribua à ſa mauvaiſe ſanté : & on ſe retira plutôt qu'on n'auroit fait.

Quand ces perſonnes furent parties, le Marquis ſe trouvant ſeul avec ſon aînée, à quoi penſez-vous, lui dit-il, en voulant prolonger le ſéjour de votre ſœur dans ce lieu ? il n'y a déja été que trop long, & je ne ſuis pas à me repentir de la foibleſſe que j'ai eue de lui permettre d'y venir. Ne voyez-vous point qu'elle perd tous les jours le goût de ſon Couvent, & que ſi elle tarde à y rentrer, elle ne le voudra plus du tout.

Mademoiselle de Marſange convint ſans contrainte que les remarques de ſon pere étoient juſtes. Mais, ajouta-t-elle, il n'eſt plus tems d'y faire de reflexion. Ce voyage ne lui eſt pas inutile, puiſqu'il a ſervi à lui faire connoître à elle-même qu'elle étoit ſon erreur : que non-ſeulement elle n'a plus de vocation, mais encore, qu'elle n'en avoit jamais eue ; & que celles qui l'avoient élevée avoient abuſé de ſon ignorance & de ſa jeuneſſe, en lui perſuadant ce qui étoit abſolument faux. Sur quoi elle lui fit un détail de ſes dégoûts & de ſon déſeſpoir ; ſans oublier leur converſation, dont le Marquis fut fort mal ſatisfait.

Vous le voyez, ma fille, lui dit-il, c'eſt à vous à juger ſi j'avois ſi grand tort de ne la pas mettre en état de faire cette belle découverte. C'eſt donc à votre imprudente affection qu'elle va devoir le malheur de ſa vie, car il n'eſt point arbitraire pour elle de ſuivre le plan qui lui eſt tracé depuis ſon enfance. L'embarras où elle me mettroit en prenant tout autre parti, m'obligera à la forcer d'accepter celui-là, ſi elle ne s'y ſoumet pas de bonne grace: & ce ſera à vous ſeule qu'elle ſera redevable de ſes déſagrémens.

SA fille s'attendoit bien à ne le pas trouver docile ſur cet article, mais elle n'avoit point prévu qu'il ſeroit ſi décidé. Elle voulut lui répliquer. Ce fut inutilement, & il ne daigna pas l'entendre; au contraire, il lui repetta d'un ton ferme ſa volonté ſuprême. Peu touché de la peinture affreuſe de l'eſclavage où ſe trouve une Religieuſe malgré elle, il lui dit ſéchement que ce n'étoit qu'à elle-même qu'elle devoit s'en prendre, & aux ſoins indiſcrets qu'elle avoit eus de faire ouvrir les yeux avec tant d'imprudence à cette jeune fille, qui, juſqu'au moment où elle avoit troublé ſa paix, avoit toujours été contente de l'état qui lui étoit deſtiné.

L'ABBESSE eſt âgée, ajouta-t-il, & ſi elle mouroit avant que votre ſœur eût fait ſa profeſſion, elle ne paſſeroit pas ſi agréablement ſon Noviciat. Il eſt bien des adouciſſemens qui ceſſeroient, quand elle ne ſeroit plus niéce de l'Abbeſſe. Quand à moi, vous n'ignorez pas que je ne puis rien faire pour elle, puiſque je ne ſubſiſte que par la bonne volonté de votre Amant, à qui je ne dois pas laisser croire que j'en veuille abuser, en augmentant mon train, ma dépense & les charges d'une fille, qu'en mourant je laisserois sans autre ressource que celle de sa générosité; ou si il n'en daignoit point prendre le soin, qui seroit obligée de servir pour vivre. Ainsi, pour obvier à un tel avilissement, je prétends que la raison lui tenant lieu de la vocation que vous avez détruite si mal-à-propos, elle parte demain, sans aucun délai, aussi-tôt qu'il sera jour.

Une déclaration si sûre & si précise auroit dû rebuter Mademoiselle de Marsange: mais elle y étoit trop interessée pour se rendre si promptement. Le Comte de Neuger est assez riche, Monsieur, lui dit-elle, pour que vous ne deviez pas appréhender que votre fille se trouve réduite à la condition servile, il suffit qu'elle soit ma sœur pour qu'il se fasse un point d'honneur de ne la pas abandonner : je connois ses sentimens ; & même c'est avec plaisir que je vous annonce qu'il prétend la marier. Vous ne pouvez douter qu'en s'expliquant de cette sorte, il ne songe à lui faire des avantages propres à la faire desirer par un époux digne d'elle ; dont vous n'aurez pas à rougir. S'il pensoit autrement, ajouta-t-elle, fierement, il ne seroit pas digne de moi, je suis ennemie des bassesses, & puisqu'il a mon estime, c'est assez dire qu'il la merite.

MADEMOISELLE, reprit Monsieur de Marsange un peu piqué, vous le prenez sur un ton trop haut avec votre pere, & vous n'êtes point sensée de me forcer [illegible] faire souvenir que c'est à lui à qui vous parlez ; mais, parce que je vous aime, je veux bien excuſer une vivacité ſi déplacée, & vous faire remarquer que vous ſeriez très-imprudente d'abuſer de la complaiſance d'un homme qui fait tout pour vous, en le chargeant encore d'une jeune perſonne ſans bien. Il me paroît même un peu rêver, ajouta-t-il, & je m'apperçois que depuis quelque tems il n'eſt pas ſi gai qu'il étoit ci-devant ; peut-être que ce changement d'humeur vient du trop long ſéjour qu'elle fait ici. La politeſſe & les égards qu'il veut bien avoir pour vous, peuvent l'empêcher de s'expliquer, mais ne l'empêcheront point de penſer que je veux abuſer de ſa génerosité, & que je fais jouer ces ſtratagêmes pour le ſurprendre : enfin, je vous le dirai, les retardemens du Vicomte, qui par sa maladie, vraie ou supposée, font naître des obstacles à votre mariage, m'allarment, & me donnent des soupçons que je crains qui ne s'éclaircissent trop-tôt, si c'étoit un prétexte pour se dédire d'un marché si avantageux pour vous, qu'il est tout à ses dépens, jugez où nous en serions. Ne lui donnons point, croyez-moi, de raisons pour tourner mes doutes en certitudes.

Elle voulut répondre que c'étoient des chimeres impossibles, mais sans lui en donner le tems: supposez, poursuivit-il, que ce changement de dispositions que je crois appercevoir ne soit en effet qu'une chimere de mon cerveau allarmé, & que votre sœur n'y ait point de part, il est toujours certain qu'elle vous mettroit en risque d'en avoir du chagrin dans les ſuites , & que vous en pourriez eſſuyer des reproches ou des déſagrémens de quelqu'autre eſpece.

Il eſt vrai qu'elle eſt aimable, ajouta-t-il, mais croyez-moi, ne nous abuſons point ; le tems où les filles s'établiſſoient, n'ayant pour dot que leur ſeule beauté & leur vertu, eſt totalement paſſé. A préſent, plus une Demoiſelle ſans bien a de naiſſance & d'éducation, plus elle eſt difficile à pourvoir. Quelque généreux & quelque riche que ſoit le Comte, il eſt accoutumé à vivre grandement ; ainſi il auroit de la peine à faire ſur ſes épargnes une fortune ſuffiſante à votre ſœur pour parvenir à la rendre un bon parti : ce qui lui pourroit arriver de plus favorable, ce ſeroit par la faveur de ſon beau-frere d'épouſer quelque parvenu ; mais la richeſſe à ce prix ne doit point tenter une fille comme elle. Enfin je ne vous conſeille pas de perſiſter dans ce vain projet, auquel je ne conſentirai jamais, autant pour votre interêt perſonnel & avenir, que pour celui de ma tranquillité préſente. Vous êtes jeune, & vous ignorez qu'un mari penſe differemment que ne fait un amant. Les complaiſances que l'on a forcé le dernier à pouſſer trop loin, donnent ſouvent matiere à la mauvaiſe humeur, quand l'amant eſt devenu maître.

Le terme de maître choquant l'orgueil de la Demoiſelle, je me flatte, dit-elle, d'un air dédaigneux, qu'il aura la bonté de m'honorer d'un peu plus d'égalité, & qu'il m'épargnera la honte de la ſubordination. S'il eſt des femmes qui s'y trouvent expoſées,

C'eſt apparemment qu'elles meritent d'être eſclaves. Mais comme je ne penſe pas être dans cette claſſe, je puis eſperer un ſort plus doux, & d'acquerir tout à la fois ſon cœur & ſon eſtime. Ainſi, Monſieur, en me faiſant la grace de compter ſur ma généroſité, je vous invite à vous tranquilliſer ſur celle du Comte. Soyez perſuadé, je vous ſupplie, que quand une fille comme moi a acquis du pouvoir ſur l'eſprit de quelqu'un qui ſçait penſer, elle ne le perd jamais, à moins qu'elle n'en veuille plus jouir.... Mais au fait, pourſuivit-elle, quand vous perſiſteriez dans les injurieux préjugés que vous avez contre mon peu de merite, cette raiſon ne ſeroit pas ſuffiſante pour vous autoriſer à forcer ma ſœur à être Religieuſe : une telle action ne devant dépendre que d'elle-même ; & ce ſeroit outrer le pouvoir paternel.... Non, je ne la forcerai pas à s'engager malgré elle, répartit Monſieur de Marſange, irrité, mais je me crois aſſez de pouvoir ſur elle & ici, pour qu'il me ſoit libre de la forcer à m'obéir, à ſortir de chez moi & à retourner à l'Abbaye où elle aura le tems d'oublier les plaiſirs qui lui ont troublé la cervelle : tandis que ſon éloignement vous permettant de rentrer en vous-même, j'eſpere, pour l'amour de vous, que vous connoîtrez la faute que vous faites en outrant l'audace avec votre pere, qui, par toutes ſortes de raiſons, n'auroit jamais cru y devoir être expoſé.

A ces mots, il lui tourna le dos bruſquement, ne voulant pas s'emporter contre une fille qui lui étoit d'autant plus chere, que c'étoit à ſon mariage & au don qu'elle avoit eu de plaire au Comte, qu'il devoit le repos dont il jouiſſoit ; & que l'affection qu'elle témoignoit pour ſa ſœur augmentoit encore ſon eſtime pour elle, malgré l'imprudence où ſon zéle l'expoſoit ; ne s'oppoſant à ſes deſirs que dans la crainte que cet excés de bonté ne lui devînt nuiſible & ne forçât ſon amant à rompre un mariage d'où dépendoit leur félicité commune.

MADEMOISELLE de Marſange, alterée des refus de ſon pere, qu'elle n'eſperoit plus de vaincre, ne ſçavoit comment annoncer cette fatale nouvelle à ſa ſœur. Elle ne doutoit point du déſeſpoir où elle alloit la voir plonger ; & à cette raiſon trop ſuffiſante pour l'accabler, ſe joignit la douleur que lui cauſoit ſon amour-propre, qui ne lui permettoit pas de voir échouer tranquillement une affaire qu'elle trouvoit convenable, & dont elle s'étoit mêlée.

Elle s'en alloit avec autant de lenteur que de triſteſſe rendre cette funeſte réponſe à Julie, craignant d'être trop-tôt auprès d'elle. Mais la jeune perſonne qui s'impatientoit de la revoir, jugeant tout d'un coup de la réponſe qu'elle alloit recevoir, vit changer ſon inquiétude dans la certitude douloureuſe de ſon ſort. Son malheur étoit trop écrit dans les yeux de Mademoiſelle de Marſange, pour qu'il lui fût permis de ſe flatter plus longtems.

Je ſuis perdue, s'écria-t-elle, douloureuſement ! vous n'avez rien obtenu, il faut mourir ; car je ne puis eſperer de me raccoutumer à la vie Monaſtique, ni à être ſéparée de vous ! elle ne pût

pût dire ces mots ſans tomber en foibleſſe. Sa ſœur fort allarmée ne ſçavoit comment la ſecourir, quand le Comte, qui venoit pour apprendre le ſuccès de ſon entretien avec Monſieur de Marſange, entra chez elle.

Il s'empreſſa à lui aider ; & par les efforts qu'ils firent, ils parvinrent à lui rendre la connoiſſance, mais elle ne reprit l'uſage de ſes ſens que pour s'abandonner au plus violent déſeſpoir. Dans ce terrible état, il ſembloit que ſa beauté en fût redoublée ; ſes yeux à demi-fermés, ne s'ouvroient que pour donner un paſſage à ſes larmes, qui, en lui couvrant le viſage, redoubloient la vivacité de ſon tein. Elle fut un tems conſiderable en cet état, tandis que ſa ſœur employoit les plus tendres careſſes pour la calmer. Non, lui diſoit-elle, il n'eſt plus de conſolations pour moi ! elles me ſont interdites ; & puiſque mon pere eſt inéxorable , je ne dois plus vivre , je ſerai délivrée par ma mort de tous mes malheurs avant le tems du funeſte engagement où il me veut forcer. Nous ſerons de cette ſorte tous deux ſatisfaits. Lui quitte d'une fille malheureuſe qu'il aura ſacrifiée à ſa cruauté ; & moi exempte d'une vie qui ne ſeroit qu'un ſupplice éternel.

Chaques mots que cette belle affligée prononçoit, étoient autant de coups de poignard qu'elle donnoit au cœur de la compatiſſante Demoiſelle de Marſange ; & certaine de ne pouvoir rien obtenir du Marquis, elle ne pouvoit encore ſe réſoudre à ſe croire vaincue. A force de donner la torture à ſon imagination pour en tirer quelqu'heureux expédient, elle fit réflexion qu'elle n'avoit obtenue la premiere grace que par l'entremiſe du Comte, & y ayant encore recours : mon cher Comte, lui dit-elle, vous êtes ſi obligeant, & vous m'avez rendu déja le bon office d'obtenir de mon pere ce qu'il me refuſoit avec tant d'opiniâtreté ; j'eſpere que vous ne me refuſerez pas de vous employer dans cette nouvelle occaſion ; ce n'eſt que de vous ſeul que nous pouvons eſperer du ſecours. Je vous conjure de ſupplier Monſieur de Marſange de rendre la vie à cette infortunée. Ce ſera à cette preuve importante de votre bonne volonté, que je connoîtrai l'affection que vous avez pour moi. Mais je croirai que vous ne m'aimez point ſi vous ne la garantiſſez du ſort qui la menace. Si elle part, quand elle & moi n'en mourrions pas, cette séparation empoisonnera de telle sorte le bonheur dont je m'attends de jouir avec vous, qu'il me sera impossible d'être heureuse.

En disant cela, elle tenoit une de ses mains, qu'elle pressoit tendrement avec celle de Julie, qui comprit par l'aveu que sa sœur venoit de faire, que n'ayant dû son arrivée dans sa famille qu'à l'intercession du Comte, elle ne pouvoit esperer cette nouvelle grace, que par le même canal. Cette découverte l'obligeant à tout tenter pour le mettre dans ses interêts, elle se jetta à ses pieds avant qu'il eût pu pénétrer son dessein; & quelqu'effort qu'il fit pour la relever, il lui fut impossible d'y réussir.

Elle ne lui disoit rien; mais jettant sur lui les regards les plus tendres, laiſſant couler des larmes qui la rendoient plus belle, il auroit fallu avoir le cœur de bronze, pour réſiſter à un ſpectacle ſi touchant.

Je ne vous dirois rien de plus pathétique que ce que cette pauvre enfant vous fait entendre, lui dit-elle; & je ne crois point néceſſaire de vous faire de plus fortes ſollicitations, pour vous engager à une action dont vous aurez ſujet de vous féliciter vous-même, ſi vous réuſſiſſez, comme je n'en doute pas, ſi vous l'entreprenez avec chaleur.

Le Comte, pénétré de ce qu'il voyoit, promit d'employer tout ce qu'il auroit de crédit auprès du Marquis; & par cette aſſurance, Julie conſentit enfin d'abandonner ſes genoux, ſur le ferment qu'il lui fit de ne rien épargner pour la ſatisfaire. Les remerciemens de l'aînée ne furent pas moins vifs que ceux de la cadette: & par le plaisir qu'il eut à les voir si contentes, il se crut payé d'avance des peines qu'il étoit résolu de prendre. Mais comme la nuit étoit avancée, il les invita à se mettre au lit pour goûter quelques momens de repos, en leur réiterant les protestations du service qu'il leur promettoit.

Les voyant disposées à suivre son conseil, il les laissa en liberté de se coucher, & fut en faire autant. Elles se mirent dans le même lit, où elles ne tarderent pas à s'assoupir; la fatigue leur ayant procuré une espece de sommeil qui fut de peu de durée; car il étoit presque jour quand elles se coucherent : & il fut interrompu, peu de tems après, par la voix du Marquis, qui ramena la terreur dans leurs cœurs, en renouvellant leurs allarmes. Ce n'étoit pas ſans cauſe qu'elles s'en effrayoient ; puiſque le bruit qu'il faiſoit, n'étoit que dans le deſſein d'éveiller les Domeſtiques qui devoient conduire Julie.

ELLES s'éveillerent en tremblant ; & ayant fait lever une femme qui couchoit dans la garde-robe voiſine, elles l'envoyerent avertir le Comte, qui vint ſans ſe faire attendre, & à qui elles renouvellerent les careſſes & les ſupplications ; l'obligeant d'aller promptement voir leur Pere, afin de s'aſſurer ſi l'arrêt étoit irrévocable. M. de Neuger trouva le Marquis empreſſé à faire apprêter la chaiſe qui devoit emmener Julie. Il s'acquitta de la commiſſion dont il étoit chargé, d'une façon fort preſſante, & avec autant de zéle que ces Demoiſelles en auroient pu avoir elles-mêmes ; lui repréſentant la répugnance que ſa fille avoit pour le parti où il la vouloit contraindre, & les inconveniens qui pouvoient ſuivre une vocation auſſi forcée ; lui diſant génereuſement qu'il croyoit entrevoir la raiſon de cette rigueur. Mais il ajouta qu'il le ſupplioit de ne faire entrer ſes interêts pour rien en cette affaire: lui promettant, en homme d'honneur, d'agir avec Mademoiſelle Julie, comme il feroit, ſi elle étoit ſa propre ſœur ; & qu'il étoit prêt à s'engager, par les actes les plus authentiques, à ne la point abandonner, quelque choſe qui pût arriver.

Le Marquis lui ſçut un gré infini d'une ſi noble démarche, mais ce fut ſans aucune intention d'en profiter. Il convenoit avec lui de la fatalité où ſe trouvoit ſa fille,

fille, d'être obligée à prendre un état aussi peu agréable, contre son inclination ; de même que des dangers qui en pourroient résulter. Mais en convenant de tout, il n'en restoit pas moins inébranlable, & toujours ferme dans la résolution de la faire rentrer au Couvent, d'où il ne lui cachoit pas qu'il se repentoit de l'avoir laissée sortir à sa recommandation.

Puisqu'elle est assez inconstante, pour avoir abandonné un parti qu'elle avoit formé depuis si long-tems, disoit le Marquis, je ne puis ni ne dois la forcer à prendre le voile ; mais du moins je la forcerai à retourner à son Abbaye. L'inconstance qui lui fait craindre d'y rentrer, peut, de même que son dégoût, n'être que passagere, & se dissipera peut-être. Quoiqu'il en soit, ajouta-t-il, il faut qu'elle parte. Cette experience du peu de solidité de son esprit, ne me permet pas de la laisser davantage parmi nous,... où on ne pourroit plus mal prendre son tems pour l'attirer; puisque les apprêts de votre mariage y faisant naître les plaisirs, lui ont fait haïr la solitude & la tranquillité du Cloître. Elle ne voit le monde que du côté brillant, poursuivit-il; & tous les chemins lui paroissent couverts de roses, dont elle ne connoît pas les épines. Si elle fût venue ici, quand vous auriez été chez vous, & qu'elle s'y fût vue seule auprès de sa Mere, de qui les infirmités auroient exigé ses soins, je suis persuadé que, rebutée de ce monde, qu'elle eût trouvé fort ennuyeux, elle auroit bientôt desiré de retourner parmi ses Religieuses... C'est une faute que j'ai faite, & qui n'a pas dépendu de moi de ne pas faire. Vous l'avez exigé si pressamment, que je n'ai pu vous refuser : mais la fâcheuse experience que je fais aujourd'hui, d'avoir eu trop de complaisance, me fait jurer que je n'en aurai jamais dans des occasions comme celle-ci, où il auroit été essentiel pour tous d'en manquer. Enfin, Monsieur le Comte, tout ce que je puis faire en votre faveur, & en la faisant retourner à l'Abbaye, c'est de vous promettre qu'après qu'elle y aura passé quelque tems, si elle persiste dans son dégoût, loin de la forcer à suivre le seul parti que la raison lui offre, je la retirerai.... Mais elle ne doit pas compter que ce sera pour aller goûter chez vous les plaisirs d'un faste, & d'une opulence qui ne peut jamais la regarder. Ce ne ſera que pour venir, en fille ſage, gouverner ſa Mere, & vivre auprès d'elle dans la ſolitude, & dans la médiocrité qui convient à une Demoiſelle ſans bien. Mais en attendant, il faut qu'elle commence par revoir aujourd'hui la maiſon où elle a été élevée, & d'où elle n'auroit jamais ſorti, ſi elle eût été raiſonnable.

PENDANT cet entretien, on continuoit à mettre l'équipage en état d'emporter Julie & toutes ſes eſperances. Le Marquis, ſe doutant que ſes filles étoient au guet, avoit ſans affectation conduit inſenſiblement le Comte ſous les fenêtres de leur appartement, où parlant aſſez haut, il leur donna la commodité d'entendre tout ce qu'il diſoit, pour les mettre en ſituation de ne plus ſe flatter. Il réuſſit dans ſon deſſein; & elles perdirent avec douleur le reste de leur espoir, dont elles furent désespérées, sur-tout Julie, qui ne pût s'empêcher de dire avec dépit, qu'il paroissoit bien que ce n'étoit pas M. de Neuger qu'on vouloit forcer à être Religieux ; & que si cette affaire le regardoit personnellement, il agiroit avec plus de vigueur.

Il étoit vrai qu'il souhaitoit fort de faire plaisir à ces Demoiselles; mais le Marquis lui donnoit de si bonnes raisons de ses refus, que, loin de lui en sçavoir mauvais gré, il ne pouvoit s'en offenser. Et ne sçachant que répondre à ce discours judicieux, il se taisoit; sa timidité naturelle le retenant encore & l'obligeant au silence.

Mademoiselle de Marsange, ranimée par le peu de mots qu'avoit dit sa sœur, & voyant ses eſperances preſque perdues, piquée contre le Comte de ce qu'il ne preſſoit pas ſon Pere plus vivement, dans la crainte de voir retomber Julie au même état où elle avoit déja été, lui dit qu'il ne leur reſtoit plus de reſſource, que d'aller elles-mêmes ſe jetter aux pieds du Marquis; lui promettant de l'appuyer fortement; ajoutant que leur préſence encourageroit M. de Neuger à renouveller ſes inſtances.

ELLE en fit d'abord quelques difficultés, dans la crainte de s'attirer en face les diſcours fâcheux qu'elles avoient entendus. Mais ſa ſœur l'encourageant: que craignez-vous de pire que ce qui eſt ſur le point d'arriver, lui dit-elle? vous en ſerez quitte pour quelques paroles déſobligeantes, qui ne vous feront point de mal: & peut-être que ce dernier trait le vaincra.

RASSURÉE par le courage de ſa ſœur, la tremblante Julie, qu'elle tenoit ſous le bras, deſcendit, & ſe jettant aux pieds de ſon Pere qui venoit de rentrer, ſuivi du Comte, fit parler ſes larmes & ſes ſanglots.

VOYEZ, Monſieur, l'état où vous réduiſez votre malheureuſe fille, lui dit ſon aînée, en pleurant preſqu'auſſi fort qu'elle ; ſi ſon déſeſpoir ne peut vous toucher, & que vous perſeveriez dans cette réſolution inhumaine, vous aurez à vous reprocher de lui avoir ôté la vie que vous lui avez donnée : mais je déclare dès à préſe[illegible] je ne ſerai ni le prétexte ni [illegible]plice de cette cruauté ; & ſi je ne puis obtenir ſa liberté, je partirai avec elle, pour aller partager ſes peines. Nous pleurerons enſemble le malheur d'avoir un Pere inflexible, & je rendrai à M. de Neuger la liberté de choisir une épouse assez riche, pour n'être point réduite à le solliciter en faveur de sa famille. Lui adressant ensuite la parole.

Ah! Monsieur le Comte, lui dit-elle, je me suis bien trompée sur vos sentimens. J'ai cru, parce je le desirois, que vous aviez quelque tendresse pour moi : mais je connois trop qu'en m'offrant votre alliance, vous n'avez été touché que du desir de faire une belle action, & que vous ne songez qu'à vous faire honneur dans le monde, d'une génerosité qui aura toujours le même succès, quoiqu'elle soit sans effet ; mais qui ne suffira point pour me rendre heureuse.

Le Comte fut fort surpris de cette apostrophe, où il n'avoit pas sujet de s'attendre, ayant fait de bonne-foi tout ce qui lui avoit été possible pour persuader le Marquis de sa sincerité. Il fut piqué d'un tel soupçon ; & sans répondre à Mademoiselle de Marsange, il s'adressa au Pere.

DAIGNEZ, Monsieur, lui dit-il, me rendre justice, & faire connoître à Mademoiselle si je merite des reproches aussi désobligeans, & si je n'ai pas employé auprès de vous toutes les raisons que l'envie de lui plaire & d'obtenir le consentement qu'elle desire, ont pu m'inspirer. Vous sçavez si je les ai fait valoir avec moins d'ardeur, qu'auroient pu faire ceux qui m'accusent de duplicité & d'avoir agi foiblement, de peur de réussir. Je vous en renouvelle les instances à genoux, poursuivit-il, en s'y jettant ; & je vous demande en grace de ne point autoriser, par des refus que l'on croit concertés, le peu d'estime que Mademoiselle votre fille me témoigne.

Je ne m'y attendois pas, continua-t-il à demi-bas; & il est nouveau pour moi, de me voir traiter de fourbe, d'homme sans honneur, assez interessé pour avoir la lâcheté de promettre par vanité une chose que je n'ai pas dessein de faire: & c'en est trop.

Le Marquis ne perdit pas une syllabe de ce monologue, quoique le Comte crût ne l'avoir fait qu'interieurement; & la rougeur qui lui couvrit le visage, fit de la peine à son auditeur, trop sensé pour n'en pas appréhender les conséquences. Il craignit qu'enfin l'air imperieux de sa fille ne lui devînt funeste aux yeux de son Amant; & pour empêcher cette altercation d'avoir des suites plus considerables, il se vit forcé de céder, quoique ce fût avec toute la répugnance imaginable.

Vous avez grand tort, dit-il à sa fille d'un air sévere ; loin d'imputer de telles pensées à Monsieur de Neuger, vous ne pourriez lui témoigner trop de reconnoissance de l'empressement géneréux, & des offres obligeantes qui ont accompagnés ses instances. Ses bontés & son grand cœur se sont trop manifestés dans les occasions précédentes. Ses bienfaits dont vous jouissez à présent devroient vous apprendre à le connoître & à le croire le plus essentiel des hommes.

J'avois de trop fortes raisons pour ne point laisser augmenter les preuves de ses bontés, & toute autre, plus raisonnable que vous, s'y seroit soumise. Mais enfin, je suis vaincu, & ne pouvant me flatter de lui faire connoître par des effets à quel point je ſuis ſenſible à ce qu'il fait pour ma famille, je me vois forcé d'en accepter de nouveaux bienfaits, pour lui témoigner ma reconnoiſſance des précédens. Puiſqu'il le veut abſolument, je conſens donc pour lui obéir, que Mademoiſelle Julie ne retourne plus au Couvent; & je ſouhaite qu'aucuns de nous n'aye jamais ſujet de ſe repentir; lui & vous, de vos inſtances; moi, de ma trop grande facilité; & elle, de ſa légereté.

REMERCIEZ votre bienfaiteur, dit-il à Julie, & n'oubliez jamais la reconnoiſſance que vous lui devez, de même qu'à votre ſœur. Quand à vous, Mlle, pourſuivit-il, en s'adreſſant à l'aînée, ſongez à vous moderer; & loin de vous laiſſer emporter à vos vivacités, souvenez-vous qu'il est peu d'époux aussi digne de tendresse & d'estime que celui que votre bonheur vous donne.

En disant cela, il les laissa d'un air mécontent & sévere, sans prendre la peine de changer l'ordre qu'il avoit donné pour l'équipage, s'en rapportant assez aux soins de Mademoiselle de Marsange, qui ne fut pas négligeante à faire dételer les chevaux qui, étoient prêts depuis plus d'une heure.

La joie que ressentoit Julie d'un si heureux succès, dont elle avoit désesperé deux minutes devant, ne se peut exprimer ; elle étoit telle, qu'elle ne trouvoit point de terme pour la manifester, & qu'elle embrassoit tour-à-tour sa sœur & le Comte, sans sçavoir ce qu'elle disoit. Quand ces premiers mouvemens furent passés, ou plus tranquille, elle fut en état de s'expliquer. Elle dit à l'un & à l'autre tout ce qui convenoit de dire en pareille occurrence.

Sa sœur l'embrassoit avec une joie parfaite ; & outre son amitié pour elle , la difficulté qu'elle avoit trouvée à remporter cette victoire , la lui rendoit plus précieuse. Elle venoit de faire sur le Comte un essai de son pouvoir qui étoit fort de son goût: la sensibilité qu'il avoit témoignée pour ses reproches la flattoit agréablement. Loin de se repentir de la mortification qu'elle lui venoit de causer, elle s'en applaudissoit, & elle étoit parfaitement contente.

Il n'en fut pas de même de lui , il ne regrettoit point d'avoir rendu un si important service à Julie, étant prêt s'il l'eût fallut à renouveller l'engagement qu'il avoit pris à ſon égard. Il étoit ravi de ce ſuccès ; mais il ne pouvoit ſonger, ſans un violent dépit, à l'air hautain dont ſa maîtreſſe lui avoit parlé, ne doutant pas que ce ton ne fut celui qu'elle lui deſtinoit quand ils ſeroient unis indiſſolublement. Cependant ſon humeur paiſible lui faiſoit déguiſer une partie de ce qu'il en penſoit. Après avoir fait à Julie toutes les proteſtations de ſervice & d'affection qu'il put imaginer, il leur repréſenta qu'il étoit encore fort matin, & qu'il croyoit que déſormais elles n'avoient rien de meilleur à faire que d'aller ſe livrer à quelqu'heures de repos, puiſqu'elles devoient être tranquilles ſur ce qui l'avoit troublé.

Le jour étoit effectivement ſi peu avancé, qu'elles pouvoient profiter des avis du Comte, &

dormir aſſez pour ſe remettre de la fatigue d'eſprit qu'elles enduroient depuis dix ou douze heures ; & le Comte, après les avoir conduites chez elles, ne ſe ſentant pas en état de goûter un repos qu'il conſeilloit aux autres, prit ce tems-là pour aller à Neuger, où il n'avoit pas mis le pied depuis quinze jours. En arrivant chez lui, une femme de confiance, chargée de tous ſes interêts & qui avoit été ſa nourrice, vint avec empreſſement lui rendre compte de ce qui s'étoit paſſé en ſon abſence. Cette femme, qui étoit chez lui dès ſon plus bas âge, y avoit pris un certain empire aſſez ordinaire aux anciens domeſtiques ſur la fidélité de qui on ſe confie ; & elle n'étoit pas ſans appréhention de perdre ſon autorité, quand ſon maître ſeroit marié, redoutant ſur tout celle de de Mademoiſelle de Marſange, de qui l'humeur peu liante ne lui laiſſoit nul eſpoir qu'elle conſerveroit un grand crédit, auſſi-tôt que cette nouvelle maîtreſſe ſeroit en poſſeſſion.

Elle auroit bien deſiré de le voir établir, mais elle ſouhaitoit que ce fût avec toute autre qu'elle; & elle n'oſoit en rien témoigner, ce mariage étant également du goût de toute ſa famille & de tous ſes amis, qui ſembloient le deſirer autant que les Marſange. Elle eût fort mal-à-propos fait connoître des ſentimens qui auroient été géneralement déſapprouvés.

Le Comte, occupé du déſagrément qu'il avoit reçu, l'écoutoit d'un air diſtrait dont elle ne fut pas longtems à s'appercevoir. Voyant le peu d'attention qu'il donnoit à ſes diſcours, elle ceſſa de parler en le considérant fixement. Mais ayant gardé quelque tems le silence, sans qu'il parut remarquer qu'elle ne disoit plus rien, la crainte qu'elle eut que ce changement d'humeur ne fut occasionné par quelqu'incomodité, l'obligea à lui demander des nouvelles de sa santé.

ELLE lui répéta la même question plusieurs fois avant qu'il daignât y répondre. Mais enfin, lui ayant dit d'un air distrait qu'il se portoit bien, la patience de sa nourrice se trouva vaincue; & lui passant la main sur le visage, de l'air caressant & familier d'une femme de son état.

QUI peut donc vous causer cette sombre humeur, mon cher fils, lui dit-elle? ce ne sont pas vos affaires, puisque, Dieu merci, vous n'en avez que de bonnes; beau, jeune, noble & riche, tout vous rit, & apparamment vos amours vont bien. Votre future épouſe a trop d'interêt à vous aimer pour ne le pas faire, ou du moins pour ne le point feindre, quand il ſeroit poſſible que par mauvais goût elle penſât autrement.

N'EST-CE point, pourſuivit-elle, le retardement de votre Oncle qui vous impatiente ? eh! mon Dieu, ſi ce n'eſt que cela, conſolez-vous : vous ſerez toujours aſſez tôt marié ; & Dieu veuille au contraire que vous ne le ſoyez pas aſſez promptement pour vous en repentir.

VOUS ne me dites rien, pourſuivit-elle ? hélas ! c'eſt aſſez m'en dire : & je pénétre ce qui vous chagrine ; c'eſt votre trop de bonté pour moi. Mademoiſelle de Marſange (qui me haït, parce qu'étant depuis longtems attachée à votre maiſon , & à vous en particulier , je lui ſerois ſuſpecte) vous a déclaré qu'elle ne prétendoit pas que je reſtaſſe à votre ſervice. Vous m'aimez encore , & convaincue de la douleur que j'aurai en recevant ce fatal congé, la penſée vous en rend triſte.

La nourrice n'imaginoit point abſolument ce qu'elle diſoit. Elle étoit informée que cette Demoiſelle avoit dit au Comte, qu'elle n'entendoit pas trouver chez lui quelqu'un qui y fut plus ancien qu'elle; & le Laquais qui le ſuivoit d'ordinaire à Marſange, ayant entendu cette converſation, la rapporta à Neuger: ce qui mit une allarme génerale dans tout ſon domeſtique. Il y avoit plus de ſeize ans que le dernier entré étoit à ſon ſervice.

Il étoit bon maître , & ſur-tout fort facile à l'égard de sa nourrice, à qui ce titre en donnoit encore un plus considerable qu'aux autres; & il n'avoit rien de caché pour elle. Touché des larmes que cette femme répandoit, il l'assuroit qu'elle ne devoit pas appréhender qu'il la renvoyât, qu'elle pouvoit être certaine de passer ses jours auprès de lui, quelque chose qui pût arriver; mais il ne lui nia point que Mademoiselle de Marsange ne lui eût effectivement fait la proposition dont elle étoit allarmée. La nourrice l'ayant enfin obligé à rompre le silence, en tira bientôt ce qu'elle vouloit sçavoir: il lui fit le récit de ce qui s'étoit passé au sujet de Julie, sans oublier les reproches injustes qu'il avoit reçus de sa soeur.

Ce n'est point à moi à donner des avis à mon Maître, dit cette habile femme : je crois, puiſque tout le monde le dit, que vous ferez une bonne affaire, en épouſant une perſonne dont on vante le merite ; mais je ne ſçaurois m'empêcher de craindre qu'elle ne vous rende malheureux. J'entends dire qu'elle eſt fort altiere, & je ſuis perſuadée qu'elle vous prepare un douloureux eſclavage, ſur-tout, ſi vous ſuivez votre penchant à la complaiſance, & que vous lui laiſſiez prendre, dès le commencement, une autorité que vous aurez bien de la peine à faire ceſſer par la ſuite.

Croyez-moi, mon cher Maître, s'écria-t-elle, ſoyez-le chez vous ; ou vous êtes perdu.... Comment, ajouta-t-elle d'un ton animé, il ſemble qu'elle vous fait trop d'honneur! & avant que vous ſoyez engagé, dans un tems où, ſans que l'on eût rien à vous dire, vous n'auriez qu'à changer d'intention, & rompre un marché dont tout l'avantage est pour elle, cette fiere Demoiselle en use avec vous d'une façon si méprisante? Oh! c'est prématurer l'ingratitude. Si j'étois à votre place, ma foi, la faute seroit pour le joueur, ou plutôt pour la joueuse; & je profiterois de l'avertissement imprudent qu'elle vous donne sur son caractere, & sur les douceurs qu'elle vous prépare.

QUOIQUE ce discours partît d'une bouche subalterne, il ne laissa pas de faire une vive impression sur un cœur déja ulceré. Et pour commencer à mettre ce conseil en pratique, il fit l'essai de son indépendance par rester tout le jour à Neuger, quoiqu'il eût promis à sa Maîtresse d'être de retour à l'heure du dîner; ne retournant que le soir à Marsange, où il devoit y avoir un grand ſouper, & où ſa Confidente tenta de l'empêcher de ſe trouver. Mais craignant d'en faire trop, voyant que ce n'étoit point ſon intention, elle ceſſa de le preſſer de coucher chez lui.

PENDANT que le Comte, animé par ſa nourrice, s'excitoit à la révolte, Mademoiſelle de Marſange, uniquement occupée de ſon heureux ſuccès, n'ayant pas donné une juſte interprétation à l'air chagrin de ſon Amant, ne ſongeoit qu'à jouir du plaiſir d'avoir changé la deſtinée de ſa ſœur, en l'arrachant au malheur dont elle avoit été menacée. Le peril en étant entierement diſſipé, elle voulut ſignaler juſqu'au bout ſa tendre amitié, & la mit à ſa propre toilette, où elle n'épargna rien pour la parer, & pour mettre ſes appas dans tout leur éclat.

Cette jeune perſonne, qui en naiſſant avoit été deſtinée à l'état monaſtique, n'avoit jamais été vêtue que convenablement à ſa vocation, n'ayant apporté juſqu'à ce moment pas plus d'art à ſa coëffure qu'au reſte de ſon ajuſtement : & depuis qu'elle étoit chez ſon pere, où il la voyoit trop à regret pour ſonger à lui donner des parures qui lui étoient étrangeres, il l'avoit toujours laiſſée dans la ſimplicité des vêtemens qu'elle avoit apportés de l'Abbaye. Mais, comme il étoit décidé qu'elle n'y devoit plus retourner, il auroit été auſſi indécent qu'elle eût reſté dans cet équipage, qu'il l'eût été ci-devant, ſi elle l'avoit laiſſé. Mademoiſelle de Marſange, trop impatiente pour attendre qu'on lui eût fait des habits, lui en donna des ſiens, & ne choſit pas le moindre, employant la plus grande partie de ses pierreries, pour que la parure fût complette. Elle en avoit beaucoup, parce que depuis longtems elle possédoit toutes celles de sa mere, & que les présens du Comte étoient déja faits. Elle n'avoit pas voulu se parer de celles qu'il lui avoit données, avant d'être mariée ; mais elle n'eut point le même scrupule pour sa sœur qu'elle en couvrit.

QUOIQUE les Eglogues chantent avec emphase la préference qu'elles donnent à la beauté sans art, sur celle qui brille par la parure, cela n'est bon qu'en Poësie; mais dans le vrai, les attraits gagnent à être sécondés par les ornemens. La jeune Marsange en fit l'agréable experience, & elle fut éblouie de ses propres charmes, qui jusqu'à ce moment lui avoient été inconnus. Le plaisir qu'elle trouvoit à les admirer, se prouvoit naïvement par l'attachement qu'elle avoit à se considerer devant un miroir, & par la joie qui brilloit dans ses yeux, qui la reconnoissoient à peine.

MADEMOISELLE de Marsange, ravie d'avoir si bien réussi, crut fort bien regaler son pere en lui offrant cette nouveauté ; & par galanterie, elle lui fit dire qu'il venoit d'arriver une Princesse étrangere pour lui rendre visite. Le Marquis ne comprenant rien à cette raillerie, qu'il crut sérieuse, se hâta de venir recevoir cette Dame, que sa fille accompagnoit, & qu'elle lui fit connoître en la lui présentant & en lui demandant, si une fille aussi aimable devoit lui donner des inquiétudes sur ce qu'elle deviendroit ; ajoutant que sans craindre d'être accusé de trop de prévention, il pouvoit croire qu'elle ne lui seroit pas long-tems à charge.

Le Marquis n'avoit pas reconnu Julie ; mais le discours de sa sœur, tandis qu'il la considéroit attentivement, & le mouvement qu'elle fit pour se jetter dans ses bras, la lui ayant fait connoître, il ne prit nul goût à cette gentillesse ; & loin de les recevoir comme elles s'en étoient flattées, il la repoussa en leur tournant brusquement le dos.

Quelle imprudence! s'écria-t-il en s'éloignant & en levant les yeux : il semble, ajouta-t-il, qu'elle le fasse exprès pour se perdre & pour me désespérer.

Les deux sœurs furent un peu interdites de cette réception peu flatteuse ; Julie sur-tout en fut frappée. Elle avoit toujours été cherie de sa tante & de toutes celles qui l'environnoient, dont elle n'avoit jamais reçu que des regards careſſans : n'en pouvant ſoutenir de ſi differens, elle ſe mit à pleurer amerement.

TANDIS que ſa ſœur employoit tout ce qu'elle avoit d'éloquence pour la conſoler, le Comte qui venoit d'arriver ayant ſalué le Marquis, (de qui il reçut les plus tendres careſſes) paſſa dans l'appartement de Madame de Marſange, qu'il n'avoit point vue depuis la derniere obligation que ſa famille lui avoit. Cette Dame, ſenſible à de ſi nobles procédés, lui dit tout ce qu'elle put imaginer de plus obligeant pour lui faire connoître toute l'étendue de ſa reconnoiſſance : & Monſieur de Neuger, après l'avoir aſſurée qu'il voudroit pouvoir faire davantage, ajouta qu'elle & ceux qui lui appartenoient, pouvoient compter sans reserve sur tout ce qui étoit en son pouvoir.

Aprè's des protestations aussi sinceres que réciproques, le Comte lui ayant demandé la permission d'aller saluer Mesdemoiselles ses filles, prit congé d'elle & les fut chercher dans leur appartement. Elles s'attendoient bien à le voir ; & si Mademoiselle de Marsange eût été moins occupée de la parure de sa sœur & de l'effet qu'elle produisoit, elle se seroit apperçue plutôt qu'il avoit manqué de beaucoup à l'heure où il auroit dû se rendre. Mais ne songeant alors qu'à quêter des applaudissemens qu'elle prenoit pour son compte, elle pensa moins à lui faire des reproches, qu'à jouir de son admiration.

Eh bien, Monsieur le Comte, lui dit-elle, en la lui présentant

& en la lui faiſant embraſſer, cette perſonne merite-t-elle les ſoins que vous vous êtes donnés pour la ſécourir ? & penſez-vous, que faite comme elle eſt, elle vous donne beaucoup de peine pour vous en débarraſſer ? Avouez donc, pourſuivit-elle, avec un épanchement de joie, que ç'auroit été un meurtre puniſſable d'emmaillotter tant d'appas dans des voiles & tout le lugubre attirail qui les accompagnent.

Quoiqu'il fût accoutumé à la voir & à la trouver belle, il en fut ébloui. J'avouerai avec plaiſir, dit-il galamment, que la charmante Julie merite les fortunes les plus brillantes ; & je conviens qu'il n'eſt point d'homme qui ne fût trop heureux d'obtenir ſa main. Loin d'appréhender l'embarras que cauſe d'ordinaire la garde d'une jeune Demoiselle, je ne suis occupé que du regret avent:f de nous en séparer bientôt; & je trouve dans ses charmes une sorte de justification pour vous, à l'injustice que vous m'avez faite, en m'accusant de ne vous avoir pas secondée avec assez d'ardeur auprés de Monsieur votre pere. La peur que vous aviez de perdre un trésor si précieux, me persuade que vous en étiez assez occupée pour ne vous point appercevoir que vous offensiez cruellement mes sentimens; mais à présent je me flatte que vous penserez plus avantageusement sur mon compte, & que vous vous repentez interieurement de ce cruel soupçon.

C'EST-A-DIRE, Monsieur, reprit Mademoiselle de Marsange, d'un ton dédaigneux, que je vous ai fait une grande injure,

& que vous avez bien de la bonté d'être auſſi moderé dans vos plaintes, tandis que je vous en donne des ſujets ſi eſſentiels. En verité, vous êtes trop bon, & je m'étonne de ce que vous ne vous rebutez pas d'une humeur ſi extraordinaire & ſi peu équitable. Mais par bonheur, il y a des perſonnes d'eſprit & de bon goût, de qui l'eſtime me conſole de celle que vous me refuſez.

Le Comte, déja aigri de l'aventure du matin, fut ſi irrité de ce nouveau caprice, qu'il fut ſur le point de ſe retirer & de reprendre ſans rien dire la route de Neuger; quand Julie, qui s'apperçut de l'effet que produiſoit le diſcours de ſa ſœur, l'interrompant avec empreſſement.

Quoi! ma chere ſœur, lui dit-elle, voulez-vous détruire dans un inſtant le bonheur que vous m'avez procuré, en accablant de chagrin à mes yeux mon cher protecteur ? Hélas! je suis la cause innocente de cet événement, & je tremble qu'il ne diminue son amitié pour moi. En verité, j'ai honte, pour récompense de ses bontés, de lui attirer vos reprimandes: vous pouvez remarquer qu'il en est consterné.

MADEMOISELLE de Marsange, ayant en ce moment jetté les yeux sur le Comte, lui trouva effectivement l'air si sombre, qu'elle le crût pénétré de la plus vive douleur de lui avoir déplu. Elle l'aimoit véritablement; & ne le voulant pas mortifier, elle lui fit un sourire gracieux. Je veux bien, lui dit-elle, oublier votre vivacité, en faveur du repentir qui l'accompagne, sur-tout, ne pouvant rien refuser à la premiere intercession de ma sœur:

mais ne vous y accoutumez point, je vous prie ; c'eſt un conſeil dont vous ferez bien de profiter, ſi vous voulez que nous reſtions amis. Que ma facilité à pardonner ne vous engage point à être à l'avenir auſſi peu circonſpect ; car je vous avertis que je ne ſerai pas toujours ſi bonne.

La Compagnie qui ſurvint, interrompit cette converſation ; & elle épargna à cette Demoiſelle le déſagrément qu'elle auroit eu, de connoître par la froideur du Comte, ou peut-être par ſa réponſe, qu'il ne mettoit pas ſa grace qu'elle croyoit lui accorder, à un ſi haut prix qu'elle l'eſtimoit.

Il ne fut plus queſtion, de toute la ſoirée ni le lendemain, d'entretien particulier. On loua unanimement la beauté & les graces de Julie ; on ne ſe laſſoit point de faire des complimens à ſa ſœur ſur la joie qu'elle devoit reſſentir d'avoir pu la retenir auprès d'elle.

On propoſa de danſer dans un ſallon ouvert de tous côtés, où la fraîcheur ſe faiſoit ſentir agréablement : & Julie, qui étoit au comble de ſes vœux, n'étant plus retenue par l'embarraſſante bienſéance, qui ci-devant ne lui permettoit pas de danſer en habit de poſtulante, ſe livrant ſans contrainte au goût qu'elle avoit pour le plaiſir, danſa de tout ſon cœur; tandis que Mademoiſelle de Marſange, ſe mirant dans ſon propre ouvrage, ne ſongeoit qu'à faire remarquer la difference avantageuſe que mettoient la joie & la parure dans la phyſionomie de Julie : & cherchant à dédommager ſon Amant, tant de ce qu'elle lui avoit dit de fâcheux, que de ce qu'il lui en devoit coûter par les engagemens qu'il avoit pris à ſon occaſion, elle étoit ſans ceſſe occupée à relever ou à lui faire remarquer ce qui pouvoit être favorable à cette chere ſœur.

Ce n'étoit point qu'elle ne lui fût ſuperieure en ce qu'elles faiſoient; l'éducation plus cultivée, & les talens naturels la mettoient fort au deſſus: mais il paroiſſoit ſurprenant que cette cadette, qui depuis qu'elle étoit au monde avoit toujours été dans des uſages differens, eût en ſi peu de tems ſi bien étudié celui du Pays où elle alloit entrer, qu'elle ſembloit y avoir paſſé ſa vie.

Le repas qui ſuivit ce Bal, fut magnifique. Mademoiſelle de Marſange, étant ſatisfaite, y fut d'une humeur charmante; elle chanta agréablement (comme elle faiſoit tout), & voulut que ſa ſœur chantât auſſi. Julie avoit la voix admirable; & quoiqu'elle eût l'air un peu timide, n'étant pas acccutumée à chanter ailleurs qu'au Chœur, on fut fort content de la façon dont elle s'en tira; sur-tout après les premiers couplets, où se rassurant insensiblement, elle reprit un air aisé qui la rendit encore plus agréable.

Les soins que Mademoiselle de Marsange se donnoit, pour faire remarquer au Comte toutes les perfections de Julie, étoient superflus : son discernement étoit trop juste, pour avoir besoin de recevoir d'autres avis que ceux de ses yeux. Il voyoit tous les charmes de la jeune personne; mais celui dont il faisoit le plus d'estime, & qui le flattoit davantage, c'étoit sa douceur & sa complaisance, qu'il comparoit avec la hauteur & l'humeur altiere de l'aînée; ce qui ne produisoit point un effet avantageux à cette derniere, ne pouvant s'empêcher de regretter de n'avoir pas connu la cadette avant l'autre, & de desirer de pouvoir faire cette échange. Mais il le souhaitoit dans son dépit, sans croire la chose possible, & sans dessein de l'essayer.

PLUSIEURS jours se passerent de la sorte, en fêtes & en réjouissances, Mademoiselle de Marsange disant que c'étoit pour célébrer le plaisir que lui causoit le retour de sa sœur à la vie. De son côté Julie, attentive à gagner l'amitié de tout le monde, sur-tout celle de son Pere & de sa Mere, ne négligeoit rien pour les satisfaire, sans oublier de plaire au Comte & à sa sœur, témoignant sans cesse la reconnoissance qu'elle avoit pour tous deux; s'efforçant à faire connoître ses sentimens à ce futur Beau-frere, par les plus tendres caresſes, & par les attentions continuelles qu'elle avoit pour lui.

Il étoit peu accoutumé à être flatté de la ſorte, & il y trouvoit une douceur infinie. Les airs imperieux de Mademoiſelle de Marſange, comparés avec des manieres ſi differentes, augmentoient ſes dégoûts pour l'empire tyrannique de cette Maîtreſſe. Quoiqu'il voulût & qu'il crût cacher ces mouvemens interieurs, ils ſe manifeſtoient ſans qu'il s'en apperçut. Il croyoit agir à l'ordinaire; mais elle-même ne tarda pas à en ſentir la difference. Il étoit moins attentif, moins empreſſé; ſes diſcours étoient plus contraints: ſur-tout, il ne ſembloit pas entendre les mots piquans & déſobligeans dont elle l'épouvantoit ci-devant. Mais loin d'attribuer ce changement

ment au dégoût ou à une nouvelle inclination, & par conséquent loin de penser à en empêcher les suites, par des procédés opposés, elle s'imagina que la certitude de son bonheur étoit le seul motif du relâchement qu'il faisoit paroître ; & que le remede le plus efficace étoit de lui faire sentir ses torts, en le traitant plus rigoureusement.

Elle exécuta exactement ce projet; & au lieu du succès qu'elle en esperoit, elle redoubla les chagrins & les dégoûts du Comte, en lui fournissant de nouvelles matieres à multiplier ses réflexions. Il ne trouvoit de consolation dans ses ennuis, qu'auprès de sa chere Julie, à qui il les découvroit naturellement. Elle faisoit tous ses efforts pour les adoucir, & pour engager sa sœur à s'expliquer avec lui. Elle le lui proposoit aussi à lui-même, en l'assurant qu'elle étoit convaincue que sa sœur l'aimoit tendrement, & que si elle lui causoit des chagrins, c'étoit sans le vouloir, par un mesentendu; qu'enfin s'il lui faisoit connoître ce qui le mortifioit, il pouvoit compter qu'elle se corrigeroit d'un d. aut qui ne prenoit point sa source dans le cœur. Mais elle ne put le lui persuader: & il la craignoit trop, pour oser lui dire en face l'effet que produisoient ses rigueurs à contre-tems. Plus son amour diminuoit, & moins il se sentoit le courage de se plaindre.

JULIE croyant qu'il lui étoit avantageux à elle-même, ainsi qu'à l'un & à l'autre, que Mademoiselle de Marsange fût instruite des sujets de mécontentement de son amant, esperant que la peur de le perdre mettroit des bornes à ses caprices, ne lui cachoit point les plaintes qu'il faisoit contre elle ; & réussissoit quelquefois à l'engager de le traiter avec plus de douceur. Mais souvent, loin de rendre sa sœur plus complaisante, en lui voulant faire appréhender l'inconstance du Comte, elle ne faisoit que la revolter. Vou ne connoissez pas les hommes, ma chere enfant, lui disoit-elle, plus ils remarquent que l'on a d'égards pour eux, plus ils en abusent; en un mot, il faut se résoudre à être leur esclave ou leur tyran; & assurément, ajoutoit-elle, en souriant, d'un ton décidé, je ne prétends pas me charger de ses chaînes; je préfere d'être sa maîtresse au ridicule honneur de me trouver assujettie à son injuste pouvoir, & de faire dire dans le monde que *je remplis bien mes devoirs*. Croyez-moi, si le Comte étoit plus favorablement traité, il s'endormiroit dans la prosperité; c'est le propre de l'amour satisfait : tandis que quelques contradictions faites à propos, raniment la tendresse & la fortifient.

JULIE ne pouvoit goûter ces maximes. Mais sa sœur, se croyant infiniment plus au fait de la conduite qu'elle devoit tenir, ne faisoit que rire de ses frayeurs; & loin de profiter des conseils sensés qu'elle lui donnoit de bonne foi, elle continuoit d'agir suivant ses principes. Mais comme elle l'aimoit, elle ne s'offensoit point de ce qu'elle ne se rebutoit pas; & rendant justice au zéle qui la faisoit agir, elle ne recevoit pas mal ses remontrances, ne dédaignant pas même de lui expliquer les motifs sur qui elle fondoit sa conduite.

N'APPRÉHENDEZ-VOUS point,

lui disoit une fois Julie, que votre amant, lassé d'être maltraité, ne vous abandonne ? & songez-vous qu'il n'y a entre mon pere & lui que des engagemens de parole qui se peuvent rompre sans aucune formalité ? Enfin, qu'indépendamment de la perte d'un établissement aussi avantageux qu'il est honorable, si ce malheur arrivoit, Monsieur de Marsange & vous, retomberiez dans l'état effroyable où vous avez pensé périr ? & il seroit en droit de vous imputer son malheur. Allez, allez, ma Julie, répliquoit Mademoiselle de Marsange, d'un air moqueur, vous avez-là une terreur panique, en craignant une chose impossible. La parole d'honneur qui est entr'eux est plus solemnelle que les contrats les mieux cimentés : il n'oseroit y manquer. Mais cette certitude n'est pas suffisante pour moi ; & l'épouser ne seroit point assez pour ma satisfaction & mon bonheur. Je dois lui témoigner moins d'empressement qu'à un autre à qui il ne me seroit pas si avantageux de m'allier. Plus il fait pour moi & moins je dois y paroître sensible, pour ne lui pas laisser imaginer que c'est par interêt que je veux bien l'épouser. Je l'aime, & la situation où nous sommes, me permet de vous l'avouer : mais s'il en étoit persuadé, ce seroit assez pour l'engager à ne me donner la main qu'avec indifference ; au lieu que l'incertitude où je l'entretiens, l'empêche de tomber dans une indolence, qui lui inspireroit bientôt la volonté de se rendre mon maître ; & ce n'est pas mon intention.

Fin de la premiere Partie.

www.ingramcontent.com/pod-product-compliance
Ingram Content Group UK Ltd.
Pitfield, Milton Keynes, MK11 3LW, UK
UKHW020142200726
13856UKWH00003B/814